살아보니
행복은
이렇습니다

* 이 글은 2006년부터 2018년까지
월간 <행복이 가득한 집>에 실린 권두언
'정말 하고 싶은 이야기' 중
서른 편을 추려 묶은 것입니다.

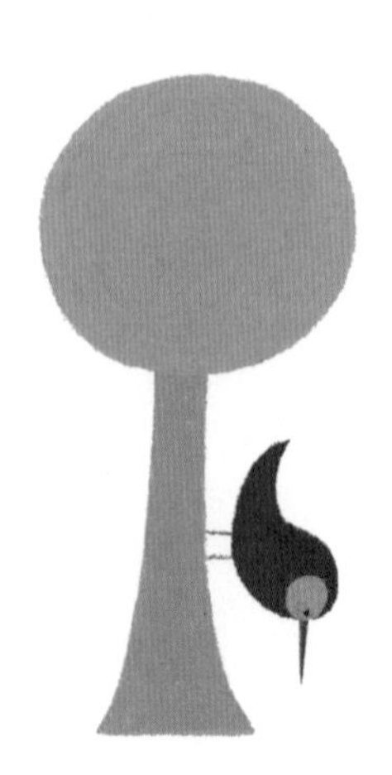

* 그림은 작가 김승연이 동화 '파랑새'를 오마주한 작품으로,
'행복'을 찾아 헤매는 우리 모습이 그대로 담겨 있습니다.
파랑새를 찾아 떠난 틸틸과 미틸의 여정에 여러분도 함께해보시길 바랍니다.

행복을 찾아 헤매는
이들에게

공경희 • 김경주 • 김범준 • 김선주 • 김승희 • 김언호 • 김용택 • 김탁환
마종기 • 문유석 • 문정희 • 박영택 • 박완서 • 서명숙 • 손철주
양창순 • 오정희 • 윤대현 • 이기진 • 이문재 • 이정모 • 장석주 • 장영희 • 전성태
정끝별 • 주철환 • 차동엽 • 최재천 • 함민복 • 황병기

그리고
그림 작가 김승연이 건네는 이야기

*design***house**

Contents

Kim
2

양지바른
집

글 故 박완서(소설가)

오래된 양란에서 지난 초겨울부터 꽃대가 올라오기 시작했다. 자그마치 여섯 개나. 나는 매일매일 그걸 들여다보면서 설날까지는 꽃이 피어달라고 부탁했지만 신정에는 아직 안 폈다. 우리는 해마다 신정에 차례도 지내고 손님도 맞기 때문에 내가 설날까지라고 말한 건 신정을 의미했는데 난은 아마 구정으로 알아들은 모양이다. 하긴 구정의 공식 명칭이 설날로 돼 있으니까 내가 잘못 말한 것이지 난의 잘못은 없다. 진홍색 호접란인데 그게 우리 집에 들어오던 해엔 화려하고 진한 꽃이 어찌나 오래 피어 있던지 나중엔 조금 싫증까지 내었는데도 그런 화분을 왜 누구한테서 받게 되었는지는 신기할 정도로 생각이 안 난다. 내가 산 것은 아니라는 것만은 확실한 게, 동양란이고 양란이고 난을 사본 적이 없기 때문이다. 마당에 저절로 피고 지는 흔한 일년초와 들꽃 종류가 많아서 실내에서 공들여 키워야 하는 비싼 화분은 상 같은 걸 받을 때 축하로 받는다면 모를까, 사게 되지를 않는다.

동양란은 그렇지도 않지만 선물로 양란을 받을 때는 대개 활짝 핀 걸로 받게 된다. 동양란은 향기 못지않게 잎 보는 운치도 그윽하지만 양란은 요란하게 피었던 꽃이 지면 그뿐 잎 보는 재미가 거의 없다. 그래서 구박에 가까운 대우를 받다가 여행이라도 오래 갔다 오면 다시 못 살아난 지경에 이르고 마는 게 내가 여태까지 해온 난에 대한 못할 노릇이었다. 그런데 이 화분은 끈질기게 살아 있더니 마침내 여봐란듯이 꽃대를 밀어 올리고 있는 게 아닌가. 홀대하던 화분으로부터 설날 기막힌 선물을 받게 되리라는 예감은 점점 마음을 부풀려 올해는 무언가 좋은 일이 생길 것 같은 희망까지 생기게 한다.

다 양지바른 집 덕분이다. 우리 집 마루는 아침에 해 뜰 때부터 저녁에 해 질 때까지 온종일 해가 든다. 겨울에는 남쪽으로 기울어진 동쪽에서 뜨기 때문에 검단산에서 뜨는 것처럼 보인다. 능선의 모양에 따라 실고추처럼 보이던 해가 불끈 솟는 걸 보면 절로 마음이 경건해져서 두 손을 가슴으로 모으게 된다. 그때 할 수 있는 기도는 저의 오늘 하루가 자연의 질서에 순응할 수 있는 지혜를 주소서, 정도이지 절대로 딴 욕심은 못 부린다. 사람들이 왜 정초에 일출을 보고 싶어 하는지 알 것 같다. 지난해에 이루지 못한 욕망을 이루고 싶어서가 아니라 씻어내고 싶어서일 것이다.

동해안 쪽으로 여행한 적은 많지만 깨끗하고 장엄한, 구름 한 점 없는 완벽한 일출을 본 것은 아직까지 단 한 번밖에 없다. 금강산 관광 초기에는 배를 타고 동해 먼바다 공해까지 나간 후 북상했다가 북한 영해로 가는 'ㄷ'자 항로를 취했다. 숙소도 선실이었다. 배에서의 첫날 이른 새벽에 갑판 위에 올라가니 벌써 많은 사람들이 나와 있었다. 동해 바다는 잔잔하고 수평선엔 구름 한 점 없었다. 이윽고 하늘과 바다를 말로 표현할 수 없는 고운 색으로 물들이며 해가 불끈 솟았다. 일출을 기다리던 모든 사람들이 두 손을 가슴에 모았고, 절에서 부처님께 하듯이 큰절을 올리는 이도 적지 않았다. 그때 우리의 기도가 설마 부자 되게 해달라, 출세하게 해달라는 아니었으리라. 나 어렸을 적에 어른들이 말하길 동지 지나고 보름만 되면 해가 노루 꼬리만큼 길어진다고 했다. 노루 꼬리를 무슨 수로 시간의 길이로 환산

했는지 알 길이 없지만 어서어서 언 땅이 녹아 농사지을 수 있는 날이 기다려지는 농경민의 소박하고도 조급한 바람이 담겨 있는 듯하여 정겹다.

우리 마당에는 시방 백 가지도 넘는 꽃의 씨나 뿌리들이 잠들어 있다. 햇볕이 조금씩 도타워지는 게 느껴지는 날 양지쪽의 땅을 보고 있으면 그것들이 흙 속에서 꼼지락거리는 게 내 살을 간질이듯이 느껴진다. 우리 마당에 백 가지가 넘는 꽃이 핀다고 자랑하면 잘들 안 믿지만 사실이다. 다만 한꺼번에 피지 않고 이른 봄부터 늦가을까지 제 차례가 와야 피기 때문에 한꺼번에 볼 수 있는 건 아니다. 나처럼 그 이름을 외고 있다가 제때 나타났는지 출석을 불러보지 않았으니 믿지 않는 건 당연하다.

2006년 2월

Why so serious?

글 윤대현(서울대병원 정신건강의학과 교수)

빅토르 안. 소치 동계 올림픽에서 귀화한 러시아에 쇼트트랙 첫 금메달을 안겨준 안현수 선수의 러시아 이름이다. 그를 러시아에 보낸 상황을 떠올리면 속상하지만 재기에 성공한 그의 멋진 스토리에 우리 국민도 함께 즐거워했다. 금메달만큼이나 러브 스토리도 화제였다. 안 선수 부부의 몸에는 서로에 대한 사랑 고백을 담은 문신이 있는데 'You complete me'라는 강력한 사랑 고백이다.

'You complete me.' 직역하면 '당신이 나를 완성시켜'라는 뜻이 될 텐데, 이 말은 톰 크루즈가 제리 역을 연기한 <제리 맥과이어>란 영화에 나오는 대사다. 제리가 사랑하는 여인 도로시에게 건넨 말이다. 도로시의 답변 또한 강력하다. "You had me at hello." "당신이 나에게 '헬로'라고 인사한 순간부터 난 당신의 것이었어요"라는 말이다. 어쩌란 말인가! 손발이 오그라든다. 사랑의 힘으로 제리도 안 선수도 재기에 멋지게 성공한 것이다.

그런데 'You complete me'라는 멘트를 연인이 아닌 자신의 적에게 날려 멋진 폼을 잡은 배역도 있으니, 영화 <배트

맨 다크나이트>에 악역으로 나온 조커다. 조커는 자신을 다그치는 배트맨에게 “You complete me(네가 있기에 내가 있다)”라고 말한다. 악당이 상당히 철학적이다. 그리고 조커가 날린 명대사가 하나 더 있다. “Why so serious?(뭐가 그렇게 심각해?)”라는 말이다. 이처럼 악당이라고 해도 자신의 정적조차 내 인생을 완성시키는 파트너라고 느낄 수 있는 철학적 여유가 있다면, 그의 인생에서 심각하게 스트레스받을 일은 없겠다. 이런 사람은 삶의 고통스러운 순간조차 나를 완성시키는 자극으로 받아들일 수 있을 테니까.

나는 제리보다도 조커의 ‘You complete me’가 더 진한 멘트라고 느꼈고, 그래서 조커의 팬이 되어버렸다. 보통 심각한 인생과 무료한 인생은 짝을 이루어 함께 가는 경우가 많다. 그냥 흘려보내도 될 걱정거리에는 과도하게 심각하게 반응하고, 삶의 기쁨이 될 자잘한 행복 사건엔 무덤덤하게 반응하는 마음 상태가 되어버리는 것이다.

또한 “인생이 무료하다, 심심하다, 무언가 열정적인 사랑 같은 일이 내게 터졌으면 좋겠다”라고 이야기하는 이들에게는 가수 장기하의 '별일 없이 산다'라는 곡을 들려주고 싶다. 노래는 이렇게 시작한다. "니가 깜짝 놀랄 만한 얘기를 들려주마 / 아마 절대로 기쁘게 듣지는 못할 거다 / 뭐냐 하면, 나는 별일 없이 산다 / 뭐 별다른 걱정 없다." '너 없이 못 산다'며 절규하는 사랑 노래들과 느낌이 참 많이 다르다.
인생이 행복하지 않고 무료하다고 고민하는 이가 적지 않다. 그런 이들에게 '심심한 인생 살기 연습'을 권한다. 우리는 행복이란 메시지에 너무 강하게 반복 노출되어 살짝 행복 중독에 걸려 있는 상황이다. 상당히 강렬한 '필'이 찾아와야 내 삶이 행복하다고 느낀다. 심심한 것은 곧 불행이고. 행복의 정의가 강한 느낌으로 뇌에 입력되어버렸기 때문이다. 그런데 계속 강렬한 자극만 원하면 뇌가 오히려 행복을 느끼기 어려워진다. 행복을 느끼는 민감도가 떨어지는 행복 내성이 생기기 때문이다.
그러니 행복감을 잘 느끼는 뇌 상태를 유지하기 위해, 좀 비어 있는 듯한 심심한 인생에서 은근히 찾아오는 심리적 만족감을 느끼는 연습이 필요하다. 행복에 대한 예민도를 증가시키는 방법이다. 행복에 대한 예민도를 증가시키기 위해선 먼저 삶의 고통에 “You complete me”라는 여유로운 멘트를 날릴 수 있는 배짱이 필요하다. 불필요한 불안이 내 뇌를 침범하지 못하도록 하는 것이다.
고요히 느껴지는 삶의 행복감에 내 뇌의 주파수를 살포시 맞추는 훈련을 해나가다 보면, 어제보다 더 파랗게 보이는 하늘의 청량감을 오늘 느낄 수 있을 것이다.

2015년 8월

고향 집을 팔고 적다

글 김탁환(소설가)

소설을 業으로 알고 살아가지만 가끔 꼭 시를 쓰고픈 때가 있다. 내면의 울림이 너무 커서 이야기로 만들 수조차 없는 순간, 언어는 낯선 감정을 물어 와서 집을 짓고 그것을 '시詩'라고 부른다. 5년 전, 경상남도 마산에 있는 고향 집을 판 후에도 한참이나 시 비슷한 것을 쓰고 또 지웠다.

내가 고등학교 2학년이던 1985년 아버지가 돌아가셨다. 그 후로 17년 가까이 고향 집 문패에는 아버지 이름이 그대로 적혀 있었다. 서울에서 대학교를 다니다가 가끔 귀향하면, 아버지 이름 석 자가 나를 먼저 반겼다. 낡은 문패를 볼 때마다 정신이 번쩍 들곤 했다. 이 삼층집은 어머니와 아버지가 피땀 흘려 장만한 터전이었고, 어머니는 이층과 삼층을 세놓아 그 돈으로 두 아들을 키웠다. 근검절약 외엔 다른 방법이 없었다.

내가 결혼을 하고 등단을 하고 충청도의 어느 대학에 자리를 잡은 후에도 어머니는 한동안 고향 집에 머무셨다. 장남 구실을 하게 해달라고, 정성을 다해 모시겠다고 말씀드리면서도, 나는 어머니가 아마도 고향 집에서 아버지의 낡은 문패와 함께 영원히 사시리라 상상했다. 그러던 어느 날 어머니는 그 집을 파셨고 낡은 문패도 떼셨다. 여장부 같던 내 어머니는 그사이 많이 늙으셨다.
지난겨울 다른 일로 마산에 갔다가 고향 집 앞까지 갔다. 문패는 물론이고 건물 전체를 외장부터 다시 꾸며 무척 낯설었다. 대문 안으로 들어가서 이곳저곳 살피면 옛 흔적이야 한둘 찾을 수 있겠지만 나는 뒤돌아섰다. 이제부터 고향 집은 내 기억에만 머문다는 생각이 들었다.
낡은 문패의 그 집은 소리로 만든 집이었다. 하루 종일 수많은 소리가 집으로 밀려왔다가 사라졌다. 멋지고 아늑한 소리도 있었겠지만, 내 귀에 가득 끓어오르는 소리는 자동차 경적이다. 고향 집이 4차선 도로와 인접한 탓에 밤낮 없이 경적이 울렸다. 이불을 덮고 누운 밤이면 그 소리가 더 높고 컸다. 동생과 나는 이불을 머리끝까지 덮어쓰고 들려오는 소리에 따라 차 종류를 알아맞히거나 차 색깔을 추측하거나 승차한 인원과 운전하는 사람의 기분까지 상상했다.
다른 하나는 거실이 내는 다양한 소리가 있다. 아버지가 돌아가신 후 어머니는 창문마다 철망을 다셨다. 건물이 다닥다닥 붙어 있는 바람에 좀도둑이 잦았던 것이다. 거실에서 어머니가 계시는 안방, 그리고 우리 형제가 머무는 공부방까지는 좁고 긴 복도가 있었다. 우리는 TV를 보거나 책을 읽다가 거실에서 조그만 소리라도 나면 귀를 쫑긋 세웠다. 소리의 종류는 다양했다. 유리창이 덜컥대는 소리, 소파에 올려두었던 책이 미끄러지며 떨어지는 소리, 마룻바닥이 미세하게 휘는 소리, 옆집 아기 울음소리가 유리창을 뚫고 들어오며 내는 소리, 벽에 걸어둔 액자가 흔들리는 소리, 때로는 생쥐가 거실 책장을 갉는 소리…. 그 소리를 듣자마자 어머니와 형제는 한마디씩 의견을 냈다. 그 의견에는 물론 좀도둑이나 강도 등 불행한 일과는 전혀 상관이 없는 행복만 가득했다.

소리의 정체를 도저히 알 수 없을 때는 요정 팅커벨의 날개 소리거나 탁자 위에 둔 꽃들의 하품 소리로 간주했다. 그런 뒤에야 나는 장남에게 맡기라며, 하지만 여전히 두려운 마음을 품고 거실로 살금살금 걸어갔다.

마지막으로 어머니가 남몰래 흐느끼는 소리가 있다. 어머니는 형제가 잠든 후 홀로 신 앞에서 겸손하게 기도하셨다. 꿈결 따라 자주 '저 높은 곳을 향하여'라는 찬송가가 맴돌았다. 그것은 험한 세상과 맞서 가족을 지키려는 이 세상 모든 어머니들이 내는 투명하고 맑은 노래다. 종교를 가졌는지 아닌지에 상관없이 인간은 나약한 존재이며, 그 막막함을 솔직히 고백하는 영혼은 아름답고 귀한 법이다. 무엇인가 그리울 때 나는 눈을 감는다. 어둠이 짙을수록 풍광은 더욱 또렷하며 그와 더불어 많은 소리와 냄새와 맛과 감촉이 살아나기 때문이다.

행복이 가득한 집은 어떤 집일까. 그곳은 소중한 기억으로 가득한 집이다. 팔리거나 허물어지더라도 그 집은 사라지지 않는다. 소리로 지은, 경상남도 마산시 양덕3동 166-47번지, 내 고향 삼층집처럼!

2007년 5월

빈 둥지를 내려다보며

글 최재천(이화여대 석좌교수)

하나밖에 없는 아들이 집을 떠났다. 공부를 해야 한다며 미국으로 훌쩍 떠나버렸다. 매일같이 얼굴을 보던 아들을 이젠 방학에나 겨우 볼 수 있게 된 것이다. 아내는 내가 그렇게 얘기하는 것 자체를 섭섭해하지만, 나는 머지않아 그 녀석이 방학에도 무슨 중요한 할 일이 있다며 집에 못 올 것 같다고 통보해올 것을 각오하고 있다. 이젠 내 둥지를 떠난 것이다. 아무리 부정하고 싶어도 이젠 우리 식구가 아니다. 적어도 매일 상을 마주하는 식구는 아니라는 얘기다.
나는 사실 이 땅의 아빠치곤 자식 기르는 일에 상당히 깊게 관여한 사람이다. 하지만 마치 내가 혼자 아들을 다 키운 것처럼 엄청나게 과장되어 알려져 있는 세상 소문에 대해 아내는 늘 온 천하에 내 더러운 비밀을 죄다 까발리겠다며 협박하며 산다. 아내가 제일 시비를 거는 문제는 내가 '올해의 여성운동상'이란 걸 받았다는 사실이다. 호주제를 폐지하는 데 기여했다고 받은 상이긴 하지만 그 업보의 무게가 정말 만만치 않다.
요즘 아들이 떠나간 빈 둥지를 내려다보며 삶의 의미를 되새기고 있다. 둥지의 빈 공간보다 훨씬 더 큰 내 마음의 빈 공간으로 스산한 겨울바람이 분다. 얼마 전 나는 <당신의 인생을 이모작하라>라는 책을 내며 인생을 자식 기르는 번식기와 그 뒤의 번식 후기로 나눠 살라고 조언한 바 있다. 자식을 기르는 기간은 누구나 치열하게 살 수밖에 없다. 무슨 짓을 해서라도 내 자식 잘 먹이고 잘 입혀야 하기 때문이다. 하지만 자식이 둥지를 떠나고 나면 삶의 모습 자체가 변한다고 한다.

그 책을 쓸 때에는 아들이 내 곁에 있었다. 그래서 정말 자식이 떠나간 후의 삶이 어떤 것인지 알고 쓴 책이 아니다. 막상 아들이 둥지를 떠나고 나니 남들이 왜 그런 얘기를 했는지 알 것 같다. 품을 알도 없는 빈 둥지에 홀로 앉아 삶을 되새기다가 불현듯 얻은 결론은 뜻밖에도 은퇴였다. <당신의 인생을 이모작하라>에서 나는 사실 고령화에 대한 대책으로 정년을 없애자고 부르짖은 사람이다. 남들더러는 은퇴하지 말라며 정작 나는 은퇴라는 지극히 모순된 카드를 빼든 것이다.

은퇴하고 싶다. 자유로워지고 싶다. 그래서 가고 싶은 곳에 가서 하고 싶은 일들을 하고 싶다. 돌이켜보면 나는 참으로 운 좋은 사람이다. 공부를 제때 제대로 한 것도 아닌데 뒤늦게 얻은 마지막 기회를 운 좋게 잘 살린 덕택에 퍽 대단한 학자인 양 거들먹거리며 살고 있다. 누구에게서 받았는지 모르지만 적어도 남을 해코지하지 않아도 살 수 있을 만큼의 능력과 물질을 받았다. 내 주변에는 아직도 너무나 많은 사람들이 남을 해쳐야만 자기가 살 수 있는 줄 알고 손톱이 문드러지도록 세상을 할퀴며 산다. 은퇴하고 싶다. 그래서 누군가에게 이 넘쳐흐르는 내 감사의 마음을 직접 전하고 싶다.

은퇴하고 싶은 이유는 또 있다. 아내는 늘 나에게 끼가 있는 남자라고 한다. 예술은 자기가 하면서 과학 하는 나더러 예술을 했더라면 더 잘했을지도 모른다고 부추긴다. 내가 중·고등학교 시절에 시인이 되겠답시고 껍죽거렸다는 사실은 이제 알 만한 사람은 다 안다. 대학 입시를 얼마 남기지 않은 시점에서는 홀연 미대에 가겠다는 어쭙잖은 꿈을 키우기도 했다. 어느 책에서 고백했듯이, 나는 다음 생에서는 춤꾼으로 다시 태어날지도 모른다. 이쯤 되면 끼가 있는지 없는지는 몰라도 끼 있는 사람들 동네를 기웃거리고 싶은 사람임에 틀림없으렷다.

그러나 나는 여태 내 끼를 한 번도 펼쳐보지 못하고 살아왔다. 적어도 내 속에 끼라는 게 있기는 한 건지 한 번쯤은 알아보고 싶다. 이 나이에 섣부른 '쉘 위 댄스'는 아니더라도 악기를 하나 배워보면 어떨까 생각하고 있다. 대금이나 퉁소에 자꾸 눈이 간다. 시조를 배워보고 싶은 생각도 있다. 넘치도록 많이 받은 내 행복을 남에게 나눠주는 일도 하면서 나를 위한 삶도 살아보고 싶다. 남을 위한 삶을 대놓고 살아온 것도 아니지만 그렇다고 해서 정작 나만을 위해 한 것도 별로 없는 것 같다. 스스로 자신을 속이는 어정쩡한 삶을 살기에는 이제 시간이 그리 많이 남지 않은 것 같다.

2008년 1월

시인의
하루

글 김경주(시인)

종종 하루의 일상에 관한 질문을 받곤 한다. 시인의 하루는 어떤지 궁금한 이유에서 물어오는 것이다. 하루를 보내는 데 특별할 게 별로 없는 나로선 그러한 질문을 도대체 왜 하는지 이해할 수 없는 노릇이지만, 대답을 해주어야만 하는 자리에선 심드렁하게 이렇게 말하곤 한다. "매일 시를 쓰거나 그러진 않아요. 그런 짓은 나뿐 아니라 상대방을 곤란에 빠뜨릴 수 있거든요. 그리고 매일 누군가를 억지로 사랑해야 하는 의무도 별로 없이 지냅니다. 일이 있으면 조금씩 하고, 일이 없으면 혼자서 여기저기 쌓인 나무 먼지를 닦으며 지냅니다."
말을 해놓고 보니 그럭저럭 틀린 이야기도 아니다. 참고로 "나무 먼지 닦으며 지낸다"는 말은 오래된 원고를 퇴고한다는 내 쪽의 너스레 같은 것이다. 귀퉁이를 사랑했던 것들을 돌보는 일이야말로 내가 좋아하는 작업 중 하나인데, 오래전 수첩에 심은 단장들을 일으켜 세운다는 느낌에서 고고학자들의 채굴 작업처럼 수분이 다 마른 머리카락 한 올이라도 부서질까 조심스럽고 아련할 때가 있다. 어떤 날의 하루가 그런 것들을 복원하는 데 바쳐진다면 기록이 더할 나위 없이 충만한 날이 되곤 한다. 하지만 그런 일들은 아름답지만 쉽게 일어나는 것은 아니다.

사람들이 생각하는 것만큼 내 하루가 시적인 영감과 문학적 긴장으로 꽉 차 있지는 않다. 바꾸어 말하면, 시시하다고 할 만큼 비문학적으로 보일 일상으로 가득 차 있다고 해도 틀린 말은 아닐 것이다. 시인의 하루가 어떤 비밀로 꽉 차 있을지 궁금한 독자에겐 실로 미안한 말이지만, 주머니 속에서 카나리아 한 마리가 푸드덕푸드덕 날아오르게 하는 마법 따위는 내겐 없다.

눈을 뜨면 아이들의 발등과 발가락에 입을 맞추는 것으로 하루를 시작한다. 아이가 일어나면 밥을 먹이고 함께 이를 닦고 어린이집에 데려다준다. 작업실에 오면 커피를 끓이고, 책을 보다가 밀린 잡무를 한다. 정수기 통을 바꾸고 복사기 토너를 갈고, 닳아진 커피 가루를 사러 나가고, 공과금 영수증을 확인하고, 건물주에게 전화를 걸어 변기통의 수압이 너무 낮아 똥이 넘칠 것 같다고 불만을 이야기하고, 대학원을 마치고 작은 출판사를 시작한 후배가 보내온 책을 떠들어 보고 중얼거린다. “음, 실용서는 이 세상에 꼭 있어야 하는 책 같아. 가령 <집에서 펭귄 기르는 법> 같은 책은 정말로 필요한 것이라고. 그런데 그런 책은 왜 없을까?”
그러다가 초인종이 울려 나가서 새로 이사 온 윗집에서 가져온 시루떡을 받고, 인사를 하고, 서로의 명함을 주고받는다. 내 명함엔 ‘라이팅 레슨 스튜디오 펭귄라임 대표 김경주’라고 적혀 있다. 시루떡 귀퉁이를 조금 뜯어 먹으며 곧 나올 신간의 교정지를 살펴본다. “이번 책도 난 망할 거야.” 들어주는 이는 없다. 혼자서 무언가를 조금씩 하면서 중얼거리다 보면 하루가 저물 때도 있다. 어떤 종류의 중얼거림이 그에게 존재하는가는 작가에게 중요하다고 생각한다. 작가는 자신의 중얼거림을 모아 고백을 정제하는 사람이다. 인터넷 검색을 통해 자신의 집에서 펭귄을 기르는 사람 이야기를 발견한다. 온도 조절이 관건이라 펭귄을 키우려면 돈이 아주 많이 든다고 하는 점이 인상적이다. <집에서 펭귄 기르는 법>이라는 제목의 책의 가능성은 좀 더 무궁무

진해 보인다. 우선적으로 알아둘 건 펭귄 한 마리가 약 5천 만 원이라는 것.

저녁이 되면 연필을 깎는다. 매일 조금씩 깎는다. 무언가를 조금 적어 내려가다가 갑자기 책상 서랍을 꺼내 털어서 압정이 없나 찾아보고, 압정을 찾으면 안심하고 책상 서랍을 밀어 넣는 일을 반복한다. 이처럼 남에게 설명하기 곤란한 어떤 종류의 신경질 같은 것이 문장 속에 생겨나기도 한다.

집으로 돌아오는 길엔 마트에 들러 닳아진 아내의 칫솔을 고른다. 잠들어 있는 아이들의 발가락을 가만히 만져보고 잠들 것이다.

2016년 3월

내가 누리고 싶은 사치

글 오정희(소설가)

언젠가 인터뷰 도중, 1초 내에 답해야 한다는 단서를 단 갑작스럽고 느닷없는 질문을 받았다. 수수께끼 놀이나 재치문답 같은 것으로, 그 기자로서는 순발력을 행사하여 대상자의 잠재의식을 읽겠다는 의도였을 것이다.

“이제부터의 인생에서 단 하나의 사치만 허락된다면 무엇을 원하시겠어요?”

“복된 죽음.”

나로서는 거의 반사적으로 튀어나온, 거의 자동 기술적인 응답이었다. 그것은 어쩌면 물속을 흐르는 물길처럼, 드러나 보이지는 않지만 언제나 의식의 밑바닥에 묵직이 존재하는 죽음에 대한 공포와 불안에 대한 방어기제이기도 했다. 또한 앞으로 살아갈 날들이 살아온 날들에 비해 턱없이 짧을 거라는 가슴 서늘한 자각, 한 젊은 작가의 표현대로 ‘어느 날 이 세상에 편지 봉투처럼 배달되어온’ 것처럼 어느 날 또다시 어디론가로 떠나야 한다는 인식의 표출이기도 할 것이다. 시간은 시작도 끝도 없고 우리는 그 흐름 속의 찰나적 존재이다. 그리고 한없이 이어질 것만 같던 길이 어느 지점에서 뚝 끊기고 막다른 골목에 맞닥뜨린 듯, 낭떠러지 앞에 선 듯 걸음이 멈춰지게 마련인 게 인생이라고 한다.

복된 죽음이란 무엇일까. 이제껏 살아오면서 무슨 대단한 공덕을 지었다고 죽음에 이르는 길에 육신의 고통과 두려움 없기를 욕심내랴만, 나는 다만 회한을 남기지 않을 수 있음이 복되고 좋은 죽음이라고 나름대로 규정하고 있다. 회한을 남기지 않는 죽음이란 바로 회한을 남기지 않는 삶이기도 할 것이니, 그래서 삶과 죽음은 하나라는 명제도 성립하는가 보다. 죽음을 개신교에서는 소천召天이라 하고 가톨릭에서는 선종善終이라 하며 불가에서는 입적入寂, 열반涅槃이라 한다. 인간의 종언에 대해 그렇듯 품위 있고 존귀한 단어를 쓰는 것은 고달픈 생의 의무를 마친 데 대한 위로이고 존경일 것이다.

해발 5천 미터의 안데스산에 사는 케추아 인디언의 풍습에 대한 이야기를 들은 적이 있다.

그곳 사람들의 커다란 소망은 어느 나이에 이르러 자신을 위한 성대한 잔치를 치르는 것이다. 그래서 그날을 위하여

가난한 생활 가운데서도 애써 돈을 모은다. 우리나라의 환갑·칠순·팔순 잔치와 같은 것이지만 정해진 나이가 있는 게 아니라 그 시기를 자신이 정하는 것이 다르다. 충분히 살 만큼 살았다고 생각이 되면 좋은 날을 잡아 음식을 풍성하게 마련하여 멀고 가까운 친척과 동네 사람들, 평소 사이가 나빴거나 소원했던 사람들을 청해 음식과 담소를 나누고 축제처럼 즐기면서 허심탄회한 심정으로 오해를 풀고 용서를 청하는 것이다. 육신과 정신이 허물어지기 전 자신의 의지와 마음으로 이 세상에서 인연 맺은 사람들과 작별 인사를 확실하게 해두는 일종의 영결 의식인 셈이다. 그 잔치는 이 세상에서의 자신의 자리와 존재를 비우는, '살아서 치르는 자신의 장례식'이기도 하고 뒤에 남기고 갈 사람들과의 화해 의식이기도 할 것이다. 그 잔칫날 이후부터 영육이 홀가분해진 그는 자신은 물론 다른 사람들로부터도 '살아 있되 없는 사람'이 된다. 그것으로 이승이라는 무대 뒤로 퇴장하는 것이다. 스스로 때를 정해 물러나는 것은 지극한 겸손함이고 자유로움이리라. 그들은 그렇게 홀가분한 마음으로 또

다른 먼 여행길을 준비하는 것이다. 우리가 알지 못할 그 어떤 필연성에 의해 생겨나고 또한 그렇게 소멸하는 자연물로서의 운명을 순하게 받아들이는 일은 살고자, 너무 살고자 하는 욕망의 노예가 되어버린 현대인들에게는 쉽지 않을 일이다.

나는 '복된 죽음'의 전범을 케추아 인디언의 풍습에서 본다. 물리적 죽음이 우리를 덮치기 전 맑은 정신과 마음으로 세상과 타인과 자신과 화해함으로써, 수많은 과오와 어리석음과 죄지음으로 회한을 남길 이 세상에서의 생에 대한 긍정과 감사함을 누리고 싶은 것이다.

2006년 6월

인터넷에도 없는 낙지 잡는 법

글 함민복(시인)

작년 가을 나는 아무것도 하지 않고 낙지만 잡았다. 대단한 집착 혹은 열정의 날들이었다. 낮에는 뻘밭에서, 저녁 술자리에선 낙지잡이꾼들의 경험밭에서, 밤엔 꿈밭에서 땀 흘리며 낙지를 잡았다. 한번 빠지면 된통 빠지는 성격이라 꿈을 꿔도 낙지 잡는 꿈만 꿨다. 시 쓰는 놈이 시 쓰는 꿈을 꿔야지 이게 아닌데 하면서도 멈출 수가 없었다. 낙지 잡기에는 묘한 매력이 있었고 나는 그 매력에 독하게 중독되었다.

"뻘이 뻔드름한 데로 가봐! 낙지 구멍 있는 데는 낙지가 칙게(몸이 직사각형이고 일회용 라이터 반만 한 게)를 다 잡아먹어 뻘이 좀 반들반들하다니까." 3년 농사 도와줘야 가르쳐주지 절대 안 가르쳐준다는 낙지 잡는 비법을 취중인 동네 형님한테 듣고 '이제 됐구나!' 무릎을 치며 얼마나 기뻐했던가.

밤을 설친 그다음 날 낙지 담을 통을 좀 더 큰 스티로폼으로 바꿔 들고 뻘 길을 나섰다. 배를 타고 나가는 사람들 외에도 뻘 길로 걸어나가는 낙지꾼들이 40명은 족히 되었다. 뻘 길을 한 30여 분 걸어가자 낙지꾼들이 사방으로 흩어졌다. 낙지 잡기를 시작한 지 7년밖에 안 되는 초보자인 나는 예의상 제일 나중에서야 뻘 방향을 잡고 낙지를 찾아나갔다. 드넓은 뻘 중에 '뻘이 뻰드름한 데'가 잘 분별되어 보이지 않았다. 멀리서 보면 좀 반들반들하게 보이는 곳이 있어 무릎까지 빠지는 뻘을 가로질러 가보면 어찌 된 일인지 뻘들이 똑같아 매번 허탕을 쳤다. 그러자니 어려서 산골에 살 때 일이 떠올랐다. 산에 나무를 하러 가 억새밭을 만나는 날은 다른 때보다 나뭇짐이 작아졌다. 멀리 있는 억새들이 더 크고 빽빽하게 서 있는 것 같아 이리 왔다 저리 갔다 하다가 시간을 다 보내서였다. 그때처럼 욕심에 빠져 낙지가 많아 쉽게 잡을 수 있을 것만 같은 곳을 찾아 헤매다 보니 힘만 더 들었다. 동네 형님한테 설배운 비법이 역효과를 냈던 것이다.

"이 사람아, 어제 거기선 뻰드름한 데를 찾으면 안 되지. 거긴 낙지가 막 새로 앉은 데니까, 칙게 구멍이 무조건 많은 데로 가야지. 그래야 낙지 구멍도 멀지 않고 잡기도 쉽지. 자네 같으면 먹고살기 힘든 곳에 새 터전을 잡겠나. 낙지들

머리가 보통 좋은 게 아닌데.” 아하, 그랬으니…. 결국 나는 헤맬 수밖에 없었구나. 내가 손쉬운 비법으로 낙지를 잡는 길은 멀기만 하구나. 낙지가 들어간 구멍을 쉽게 찾는 법을 배우는 것도 힘이 드니 땅속에 들어앉은 낙지를 쉽게 잡아내는 방법을 배우는 것은 얼마나 더 힘들까.

“내가 낙지 잡는 거 배울 때, 그러니까 60년 전만 해도 장화가 어디 있었나. 한겨울에 언 뻘밭을 맨발로 들어갔어. 발이 시린 거야 참지만 손이 시려 낙지를 잡을 수가 있어야지. 뻘 속에서 낙지를 움켜쥔 건지 아닌지 이건 뭐, 감각이 있어야지. 그래서 한 사람이 오줌 마렵다고 하면 우르르 몰려가 오줌발에 손가락을 녹이고 낙지 구멍을 쑤셨어. 추우면 오줌 자주 마렵잖아.” 동네 친구 아버지 이야기를 들은 후 나는 낙지 쉽게 잡는 법을 아예 포기했다.

‘낙지 잡는 법이라 해서 어디 지름길이 있겠는가’ 하는 깨달음이 왔기 때문이다. 그 후 바다에 나가 낙지를 잡지 못해도 속이 상하지 않았다. 낙지 잡는 법을 스스로 하나하나 힘겹게 터득할 때마다 신이 났다. 땅속 낙지 구멍은 참으로 다양했다. 100개면 100개, 낙지 구멍의 길이가 다르고 구멍에서 가닥을 친 구멍 수와 모양이 달랐다. 삽으로 파고 손으로 쑤셔 들어가면 낙지가 숨어드는 곳도 다 달랐다. 몸소 체험하지 않고 그 많은 경우의 수를 어찌 다 배울 수 있단 말인가.

뻘 속에 박혀 있는 죽은 조개껍데기에 벤 손등의 상처가 손바닥 손금보다 더 깊고 많이 파이고 나서야 나는 낙지 한 코(20마리)를 처음으로 잡았다. 한 번 한 코를 넘긴 후론 바다에 나갈 때마다 20에서 30여 마리를 잡게 되었다. 작년 가을 나는, 쉬운 지름길을 버리고 온몸으로 밀고 나가면 힘든 일도 해낼 수 있다는 고귀한 선물을 낙지 잡기를 통해 수확한 셈이다.

2007년 2월

<길들은 다 일가친척이다>(현대문학, 2009)에 재수록

행복은
발생시키는 것

글 차동엽(신부)

가장 오래된 질문이지만 아직도 똑 부러지는 답변을 얻지 못한 물음 가운데 하나가 '행복'에 관한 것이 아닐까. "행복은 무엇인가?" "어떻게 하면 행복해질 수 있나?" 얼마나 쉬운 물음인가! 하지만 그 응답은 천차만별이며 많은 경우 핵심에서 비껴 있기 일쑤다.

한 기자가 미국 최대 부호로 꼽히던 록펠러의 딸에게 물었다고 한다. "당신은 모든 여성이 부러워하는 사람입니다. 실제로 행복하십니까?" 그녀는 어깨를 으쓱하며 이렇게 답했단다. "행복하다고요? 누가 돈으로 행복을 살 수 있나요? 우리를 행복하게 하는 것 중에는 돈의 힘으로도 어찌할 수 없는 일이 얼마든지 많아요. 나는 행복하지 못해요. 당신은 나를 부러워하는 사람들에게 이 말을 전해주세요."

재미있는 사실은 이미 부를 누리는 사람은 "행복은 돈으로 살 수 없는 것"이라 강변하지만, 대부분의 사람은 이 말을 믿지 않는다는 것이다. 이는 통계에 드러난 진실이다. 실제로 황상민 교수는 조선일보와 한국갤럽, 글로벌마켓인사이트의 조사 결과를 토대로 한국인은 '돈=행복'이라는 공식의 포로가 되어 꼼짝달싹 못하고 있다고 결론 내렸다. 여기서 주목할 것은 우리나라 사람이 "돈과 행복이 무관하다"고 답한 비율도 비교 국가들 중에서 가장 낮은 7.2%였다는 사실이다. 통계에 나타난 한국인의 행복관은 비극에 가깝다.

돈과 행복이 전혀 무관하다고 보는 것도 좀 무리는 있겠으나 이처럼 자신의 행복을 몽땅 돈에다 걸어놓으면, 우리의 행복은 경기의 흐름에 따라서 롤러코스터를 타게 마련이다. 일시적으로 행복하다가도 언제 다시 불행의 골짜기로 곤두박질칠지 모르는 위태위태한 행복이라니! 가슴이 아려오는 것을 어쩌지 못할 노릇이다.

어쨌든 한국인은 '행복=돈'이라는 공식, 바꿔 말해 '성공하면 행복할 것이다'라는 가설을 세워놓고 산다. 하지만 성공한 사람이 행복해질 확률은 극히 낮다. 그러므로 이제 '행복하면 성공할 것이다'로 발상을 바꿔보면 어떨까. 통계조사에 따르면 행복한 사람이 성공할 확률은 매우 높다. 그러니 행복을 먼저 선택하는 지혜를 가진 자는 두 마리 토끼를 다 잡는 셈이다.

<무지개 원리>라는 밀리언셀러의 작가로, '인생 해설가'라는 별칭이 붙은 강연가로 널리 알려진 까닭에 많은 이가 나에게 '행복의 비결'을 물어온다. 그때마다 나는 행복의 비결이 영어 단어 'Happiness'에 함축되어 있다고 역설한다. 행복을 뜻하는 이 단어의 어원은 '발생한다'는 의미의 'Happen'이다. 이는 "행복은 발생하는 것이지 쟁취하는 것이 아니다"라는 사실을 시사한다. 행복은 쟁취하거나 획득하는 것이 아니라 발생하고 창조하는 것이다.

행복의 이 어원적 의미는 우리에게 엄청난 영감을 준다. 고백하거니와 나에게는 행복의 신대륙을 발견한 듯한 깨달음이었다. 이를 통해 단박에 "행복은 이제 내 손안에 있소이다!"를 선언할 수 있게 된 것이다.

획득하기는 어려워도 발생하는 건 쉽다. 그냥 웃고, 그냥 행복한 척하는 것이다. 그러면 행복의 감정이 발생한다. 우리의 뇌에서는 거짓으로 행복한 척해도 실제 행복할 때와 같이 도파민, 엔도르핀 같은 행복 호르몬이 분비된다고 하지 않는가.

일례를 들어보자. 아인슈타인은 훗날 학자로 유명해지기 전까지 상당히 궁핍한 삶을 살았는데, 하루는 친구가 그의 초라한 식사를 보고 입을 열었다. "고작 빵 한 조각과 물 한 잔이 자네 식사의 전부란 말인가? 자네가 이 정도로 어렵게 사는 줄 미처 몰랐네."

이 말에 아인슈타인은 대답했다. "무슨 소리야? 나는 지금 만찬을 즐기는 중이라고! 자, 보게나. 소금, 설탕, 밀가루, 베이킹파우더, 달걀에 물까지 곁들여 식사하고 있네. 그뿐 아니라 지금 잔잔하게 음악도 흐르지 않나. 이만하면 훌륭한 만찬 아닌가?"

그는 이렇게 빵에 들어간 재료를 나열하면서 너스레를 떨었다. 모두들 그의 처지를 두고 '어려운 상황'이라며 측은히 여겼지만, 정작 본인은 생각의 힘으로 부유한 자의 여유를 즐길 줄 알았다. 그는 탄력 있는 발상으로 행복을 발생시켰던 것이다.

2012년 4월

그 여름날의 어머니

글 김언호(도서출판 한길사 대표)

대학 1학년 때였다. 여름방학을 끝내고 고향 파서막에서 40리 길인 밀양역으로 향했다. 그날 어머니는 "너 기차 타는 걸 봐야겠다"면서 함께 나섰다. 어머니는 늘 늦지 않게 일찍 일찍 나서야 한다 하셨다. 어머니와 내가 버스로 밀양역에 도착했을 땐 열차 출발 시각보다 한 시간이나 더 전이었다. 8월의 불볕더위가 한창이었다. 나는 어머니와 함께 역전에 있는 다방에 들어갔다. 아마도 어머니 생애 처음으로 다방이라는 곳에 들어갔을 것이다. 손님은 서너 명밖에 없었다. 다방에는 인기 절정이던 성재희의 허스키한 목소리의 노래가 전축 스피커에서 흘러나오고 있었다.

"보슬비 오는 거리에 추억이 젖어들어 / 상처 난 내 사랑은 눈물뿐인데 / 아, 타버린 연기처럼 자취 없이 떠나버린 / 그 사람 마음은 돌아올 기약 없네."

그때 어머니는 40대 중반이었다. 농사를 지어 우리 7남매를 학교에 보내던 놀라운 의지력을 갖고 계시던 어머니의 배웅을 받으면서 나는 덜컹거리는 열차에 몸을 싣고 서울로 올라왔다.

나의 대학 시절은 박정희 군사정부의 굴욕적인 한일회담을 반대하는 국민운동으로 소연했다. 1964년 3월부터 그 같은 한일회담을 반대하는 운동이 대학가는 물론이고 민족적인 양심을 가진 지식인들에 의해 치열하게 전개되면서 나라 전체가 요동치고 있었다. 해가 바뀐 1965년에도 이 운동은 잦아들지 않았다. 정부는 조기 방학으로 대학의 문을 닫게 했다. 나는 4월 중순 한일회담을 반대하는 데모에 가담했다가 서대문구치소에 두 달간 갇혀 있어야 했다. 자유의 소중함을 실감했다고나 할까. 도둑들과 같은 방을 쓰면서 그들의 세계에 대한 이야기를 들었다. 일말의 연민 같은 것도 갖게 되었다. 우리 방 옆에 있던 사형수가 처형되던 날 밤, 소란스럽던 구치소가 적막같이 조용해지는 것도 체험했다. 6월에 풀려나 집으로 내려갔을 때 어머니는 휴, 한숨을 내쉬셨다. 놀란 가슴을 가라앉히기 힘들었을 것이다. 이유야 잘 모르지만 우리 아들이 감옥까지 가다니, 했을 것이다.

다시 여름방학을 끝내고 서울로 오기 위해 밀양역으로 향할 때 어머니는 역까지 같이 가자면서 또 따라나섰다. 어머니는 너무 나서지 말라는 말씀을 몇 번이나 했다. 밀양역에 도착해 나는 어머니와 함께 다시 그 다방에 들어갔다. 다방은 한산했고 성재희의 그 노래가 여전히 흘러나오고 있었다. 학교 공부를 하지 않았고 세상에 출입하지 않는 어머니지만, 부지런한 아버지와 함께 농사로 집안을 일으켜 세웠다. 험한 일을 마다하지 않았다. 그 많은 제사를 다 치러냈다. 그 어머니와 함께 나는 두 번이나 역전 다방에 들어가 커피 같은 걸 마시면서 같은 유행가를 들었고 이런저런 이야기를 주고받았다.

그 여름날의 역전 풍경을 오늘 다시 떠올린다. 어머니는 그때 하얀 모시 치마저고리를 입고 있었다. 그보다 한참 후인 1987년 여름, 나는 한길역사기행단을 이끌고 낙동강 하류 유역 답사에 나섰다. 서울에서 부산까지의 길 영남대로를 연구한 고려대 최영준 교수가 안내했다. 소설가 김정한 선생에게 낙동강의 정신에 대한 특강을 청해 들었다. 일행 40여 명은 김해 일대를 답사하고 우리 집으로 향했다. 어머니에게 점심을 부탁드렸다. 마을 사람들이 도와주었다. 12시에 도착해 1시까지 점심을 먹고 다시 표충사로 갔다가 서울로 돌아왔다. 어머니는 음식을 잘한다는 소문이 나 있었다. 큰 농사를 꾸리려면 일꾼들을 많이 거느려야 했고, 먹는 걸 늘 푸짐하게 내놔야 했을 것이다. 어머니는 감자와 수박을 먹고 떠나는 우리 일행에게 "우리 아들 잘 부탁합니데이" 하셨다.

올봄에 헤이리에 같이 사는 번역가 P 씨가 연로한 어머니를 모시고 진해 벚꽃놀이를 다녀왔다는 이야기를 듣고 나는 아, 했다. 어머니, 아버지가 계시지 않으니 모시고 어디 갈 수도 없구나….

내가 뛰놀던 고향의 우리 집은 지금 비어 있다. 어머니, 아버지가 계시지 않으니 고향에 가지 않게 된다. 전화라도 해서 어머니 목소리를 듣고 싶은데, 그 어머니가 계시지 않으니. 농사와 자식을 위해 생을 바쳐 헌신하신 어머니. 그 존재감이 가슴이 시리도록 절절해진다. 어머니와 아버지가 한여름의 폭염을 마다 않고 일하시던 그 들녘이 불현듯 보고 싶어진다. 어머니와 아버지의 인고의 정신이 서려 있는 논

밭. 수천 마리의 새 떼가 하늘을 날고, 노을이 지평선에 내릴 땐 천지가 경이로웠다.

여름날이면 나는 어머니를 생각한다. 흰 모시 치마저고리를 차려입은 어머니가 내 앞에 서 계신다.

2009년 8월

미안해
사랑해
고마워

글 주철환(아주대 문화콘텐츠학과 교수)

아들은 덤벙댄다. 뭐가 그리 급했는지 컴퓨터도 끄지 않고 외출했다. 자주 있는 일이긴 하다. 바닥을 훔치던 엄마는 자연스레 컴퓨터에 눈이 간다. 쓰다 만 글이 화면에 어지러이 널려 있다. 근데 이건 뭐지? 첫 문장부터 예사롭지 않다.

"사나이는 울지 말아야 된다는 말은 틀린 것 같아요. 생각해보면 20년 동안 난 엄마한테 항상 받기만 하고 뭐 하나 제대로 해준 게 없었네요. 그동안 못난 아들 하고 싶은 거 다 할 수 있게 해줘서 너무 고마워요. 엄마한텐 참 미안하지만 먼저 가서 내가 하고 싶은 일들 하고 있을게요. 나중에 다시 만날 때 부끄럽지 않게 열심히 하고 있을게요. 나중에 너무 혼내지 마세요. 저에게 허락된 시간이 많지 않아 여기까지만 하겠습니다. 엄마 고맙고 미안해요. 그리고 사랑해요."

나중에 다시 만날 때? 저에게 허락된 시간? 엄마의 눈이 뒤집힌다. 가슴이 철렁 내려앉는다. 손이 떨린다. 발이 얼어붙는다. 가까스로 전화기부터 찾아 단축 번호를 누른다. 벨 소리가 가까이서 들린다. 아들의 휴대전화가 침대 위에서 노래를 부른다. '멘붕'이다. 바로 그 순간 천연덕스럽게 문 여는 소리. '유언'을 남기고 사라진 아들의 손에는 편의점에서 산 라면이 들려 있다.

"이거 뭐야?" "뭐긴 뭐야, 라면이지." 엄마는 걸레를 던진다. "죽는다면서 라면은 무슨 라면?" "죽기는 누가 죽어?" 그때 아들은 엄마의 눈에서 눈물을 본다. 사태를 알아차린 아들이 비로소 웃기 시작한다. "컴퓨터 봤구나. 우리 엄마 참 단순하네. 이거 과제야 과제. 비행기 추락 5분 전에 가족한테 문자메시지 보내기." 그리고 모자는 부둥켜안는다.

도대체 어디까지가 '리얼'인가? 반은 사실이고 반은 거짓이다. '유서'와 과제는 사실인데 모자간의 대화는 내가 적당히 지어낸 얘기다. 미안하게도 문제의 과제를 낸 장본인이 바로 나다. 이런 '악취미'에는 유래가 있다.

여대에서 교수를 한 적이 있다. 7년 반 동안 했으니 짧은 기간도 아니다. '미디어 글 읽기와 쓰기'라는 과목에서 '유서 쓰기'를 과제로 낸 적이 있다. 팔팔한 20대에게 연서가 아니라 유서를 쓰라니….

의도는 좋았다. 앞으로 얼마나 살 것인지를 가늠하면 어떻게 살아야 할지 답이 나올 거라는 생각에서였다. ‘언론 플레이’도 안 했는데 어떻게 소문을 들었는지 일간지 기자가 취재를 왔고 그게 기사화됐다. ‘스무 살의 유서’는 졸지에 장안의 화제(?)로 떠올랐다. 제자들의 반응은 어땠을까? 한마디로 압축하면 ‘감사’였다. 과제를 낸 내게 감사한 마음도 조금은 있었지만(시간의 소중함을 알게 해주어 고맙다는) 거의 대부분은 부모에게 감사, 지금껏 자신을 사랑해준 모든 이에게 감사, 또한 지금 살아 있다는 사실에 감사하다는 거였다.

십여 년이 흐른 지금은 달라졌을까? 이번에도 예외는 없었다. 좀 짧아지긴 했지만 주제는 그대로였다. 죽을 때가 되면 철든다는 말은 사실이었다. 스무 살의 마지막 문자메시지는 세 마디로 얼룩져 있었다. “미안해요, 사랑해요, 고마워요.”

어렴풋이 책 제목 하나가 떠오른다. <미안하다고 말하기가 그렇게 어려웠나요>. 유서 쓰기 과제를 낼 때와 거의 비슷한 시기에 나온 책이다. 내용은 충격적이다. 명문대에 다니던 아들이 부모를 무참하게 살해한다. 평소에 얌전하기로 소문난 아이였다. 이럴 때 떠오르는 말은 두 마디다. “오죽하면”과 “아무리 그래도 그렇지”. 책은 이 사건을 주목한 심리학과 교수가 구치소에 있는 패륜아를 오랫동안 면회한 내용이다.
진단은 하나. 소통의 부재였다. 세상에 자식 사랑하지 않는 부모가 어디 있으랴. 단, 사랑을 말하지 않는 부모는 많다. 사랑한다고 말하기가 그렇게 어려운가? 자식도 마찬가지다. 부모에게 죄송하고 사랑하고 감사하지 않은 자식이 세상에 어디 있으랴. 그러나 그걸 표현하는 자식은 많지 않다. 낯간지러워서? 쑥스러워서? 다 알고 있을 테니까? 이 순간부터는 아끼지 말자. 대량 방출하자. 죽음에 임박해서 숨 헐떡이며 내뱉을 필요가 있는가? 지금 살아 있을 때 무한 발설하자. 조금 무안하지만 많이 행복해질 거다. 소리 내서 연습해 보자. 미안해, 사랑해, 고마워.

2016년 1월

Kim

Kim

Kim

Kim

그
집안의
속사정

글 문유석(판사)

내 어린 시절 가장 절실한 소원은 행복하고 화목한 가정이었다. 누구나 그렇듯 나름의 결핍이 있었기 때문일 것이다. "소년이여, 야망을 가져라", "사내대장부로 태어났으면 한번 역사에 이름을 남겨야지" 따위의 말을 들을 때마다 속으로 이런 말을 중얼거렸다. '훌륭한 사람 말고 행복한 사람이 되고 싶어. 그게 얼마나 큰 야망인데….'

판사라는 직업에 종사한 후로 그 꿈이 얼마나 이루기 어려운 것인지 새삼 깨닫곤 한다. 겉으로는 남부럽지 않아 보이는 집안들의 속사정을 들여다보기 때문이다. 다들 부자를 부러워하지만 재산상속을 둘러싼 가족들의 전쟁을 지켜보면 생각이 달라질지 모른다. "아버지의 유언은 장남인 형이 치매 환자를 허수아비처럼 이용해 만든 휴지다." "동생들이 돈 욕심에 녹취록을 위조해가며 아버지와 형을 모함한다." "형은 술과 도박으로 가산을 탕진하고도 욕심을 부린다."

더 무시무시한 것은 이혼소송이다. 사랑해서 함께 살고 아이를 낳아 키운 부부가 서로를 인간 망종으로 몰아간다. 하루는 아이 고모들이 증인으로 나와서 애 엄마가 얼마나 사치스럽고 애들한테 무관심한 탕녀인지 목청을 높이고, 하루는 아이 이모들이 증인으로 나와서 애 아빠가 지독한 알코올중독자에 폭력배라고 호소하며 운다. 요즘에는 서로 아이를 떠맡지 않겠다며 싸우는 젊은 부부도 늘어간다. 새 출발에 장애물이 되기 때문이다.

소년 사건은 또 어떤가? 동급생에게 끔찍한 짓을 저지른 아이의 입에서 "엄마를 죽이고 싶다"는 섬뜩한 말이 튀어나온다. 프로 게이머가 되고 싶은 자녀에게 "의사가 돼라"며 과외를 시키고 학원으로 돌리며 강박증 환자처럼 몰아세운, 하지만 "애를 너무나 사랑해서였다"며 우는 엄마를 말이다.

나는 법정에서 마주치는 일들을 토대로 <미스 함무라비>라는 소설을 썼다. 거기에 이런 얘기가 나온다. 이혼소송 과정에서 어린아이들에게 엄마가 외도를 하는 동영상을 보여주려 한 아빠 얘기다. 재판장은 이에 분노하고 아빠는 호소한다. 아빠는 고아로 자라 언젠가 과수원을 하면서 마당 넓은 집에서 아이들을 잘 키우겠다는 꿈을 꾼다. 애들과 들판을 뛰어다니며 잠자리를 잡고 나비를 쫓으며 살겠다는 꿈을 위해 그는 중장비를 몰고 공사 현장을 누비느라 집을 비우기 일쑤였다. 혼자 아이들을 키우며 지친 아내는 외도를 하게 되었고, 분노한 그는 자기가 애들을 키우겠다며 이혼 소송을 했지만 애들은 엄마의 품을 벗어나려 하지 않는다. 다음은 이 이야기의 마지막 부분이다.

판결 선고 날, 한세상 부장판사는 잠시 망설이다가 읽으려던 판결문을 내려놓고 원고를 쳐다보았다. "원고의 둘째 딸이 세상에서 제일 무서워하는 게 뭔지 알아요?" 원고는 어리둥절한 표정으로 멍하니 있다. "벌레래요. 나방이 제일 무섭지만, 다른 벌레도 모두. 그럼 첫째 딸의 요즘 소원이 뭔지 알아요?" "…" "에이핑크 공연 보러 가는 거래요. 단짝 넷이랑. 솔직한 심정은 박보검 닮아서 인기 '짱'인 옆 반 반장도 같이. 가사조사관이 애들과 금세 친해졌더군요. 두툼한 보고서 읽느라 재판부가 고생 좀 했어요."

한 부장은 원고의 눈을 지그시 바라보았다. "아이들은 모두 하나하나의 새로운 세계예요. 원고가 평생 꿈꾼 마당 넓은 시골집은 아름답지만, 아이들의 꿈은 아니에요. 아이들은 이미 자기 세계 속에서 자기 꿈을 꾸기 시작했어요. 아이들은 아빠를 기다려주지 않고 훌쩍 커버리지요." 원고의 송아지 같은 눈에서 눈물이 뚝뚝 떨어지기 시작했다. 한 부장은 촉촉해진 눈시울을 애써 감추며 말했다. "원고, 미안합니다. 원고는 자신의 고통 때문에 아이들의 세계를 지켜줄 마음의 여유까지 잃은 것 같습니다. 지금 법이 원고에게 해줄 수 있는 것은 없습니다. 그저 법보다 훨씬 현명한 시간의 힘이 이 가정의 상처를 치유해주길 기도할 뿐입니다."

행복에는 어떤 정답도 없다. '행복이 가득한 집'은 킨포크 스타일도, 노르딕 스타일도 아니다. 정답은 없지만 출발점은 있다. 행복한 가정은 서로가 타인임을 인정하는 데서 출발한다. 부부도 부모 자식도 서로 다른 궤도를 따라 돌며 가끔 만나는 독립한 별이다. 그걸 서로 인정한다면 세상에는 은하수만큼이나 많은, 서로 다른 모습의 행복한 가정들이 존재할 수 있을 것이다.

2017년 1월

봄날,
함께 걷는
행복

글 서명숙(제주 올레 이사장)

봄에는 어딘들 아름답지 않은 곳이 있으랴만, 내가 사는 서귀포의 봄은 황홀할 지경이다. 노란 유채꽃, 보랏빛 갯무꽃이 양탄자처럼 대지를 수놓는 가운데 머리 위로는 왕벚꽃이 눈부신 꽃그늘을 드리운다. 목덜미를 간질이는 봄바람에 실려 오는 공기는 청정하다 못해 단내가 난다. 절로 탄성이 나온다. "아, 공기가 참 달구나."

그러나 아무리 아름다운 경치도 홀로 보면 적막강산처럼 쓸쓸하다. 서귀포 올레길의 숨 막히는 풍광을 더 아름답게 수놓는 건 역시 '꽃보다 아름다운' 사람이다. 수많은 사람이 저마다의 사연, 저마다의 꿈과 좌절을 안고 길을 걷기 위해 이곳을 찾는다. 그들은 걸으면서 삶의 무게를 덜어내고, 그들의 고민을 먼바다에 흘려보낸다. 어떤 이는 걸으면서 많은 생각을 했노라고 말하는가 하면, 또 다른 이는 아무 생각도 나지 않아 더 행복했노라고 말하기도 한다.

혼자 걷는 이는 자신과 대화를 하지만, 동행이 있는 이는 상대방과 마음을 터놓는 경험을 하게 된다. 한번은 제주 올레 10코스에서 모녀처럼 보이는 두 여자를 만났다. 젊은 여자에게 물었다. "아이고, 친정어머니랑 오셨나 봐요?" 웃으면서 아니란다. 알고 보니 그들은 고부간이었다. 열흘 동안 하루에 한 코스씩 올레길을 걷고 있고, 오늘 아쉽게 서울로 올라간단다. 두 여자가 열흘간 길에서 무슨 대화를 주고받았는지는 알 수 없는 일. 그러나 그들의 밝게 웃는 표정에서 미루어 짐작할 수 있었다. 길에서 서로 마음을 열어놓고 진심으로 소통했음을.

소통이 필요한 게 고부간뿐이랴. 친부모 자식 간에도 소통은 필요하다. 역시 길에서 만난 한 중년의 남자는 고등학교 2학년 아들과 7일째 여행 중이었다. 게임 중독에 학교에서 말썽을 도맡아 피우는 아들, 대기업 중견 간부로 파김치가 되어야 퇴근하는 아빠. 그들 사이에는 건널 수 없는 깊은 강이 흐르고 있었다. 아버지의 애정 어린 질타에 아들은 문을 쾅 걸어 잠그는 것으로 대응하곤 했단다.

보다 못한 아버지는 학교에 '부모 동행 현장학습'을 신청해 아들을 무작정 끌고 제주로 내려왔단다. 처음에는 볼이 잔뜩 부어서 매사에 투덜대던 아들이 하루 이틀 지나면서 슬

슬 바뀌더란다. 파란 올레 화살표를 함께 찾아내고, 길가에 숨은 맛집을 발견하고, 발밑에 핀 야생화 이름을 아비에게 묻는 재미에 흠뻑 빠져들더란다. 그 아버지가 내게 말했다.
"선생님, 정말 감사해요. 이런 기회를 주셔서. 재랑 한집에 살면서 17년 동안 나눈 대화보다 요 7일 동안 나눈 대화가 더 많아요. 서로 너무 몰랐던 거죠."
가족은 서로를 잘 안다고 착각한다. 그러나 한 핏줄이라는 이유만으로, 한집에 산다는 공간적 특성만으로, 함께 보내는 시간의 길이만으로 서로를 알게 되는 건 아니다. 소통 없는 동거, 따뜻한 애정이 수반되지 않은 핏줄은 어찌 보면 헤어날 수 없는 구속이자, 지긋지긋한 천형일 수도 있다.
그대, 가장 가까운 가족이 혹 너무 멀게 느껴진다면 반드시 한 번쯤 함께 걸어볼 일이다. 자연 속에서 마음을 열고 한 번쯤 길동무가 되어볼 일이다. 굳이 제주 올레길이 아니어도 상관없다. 이 봄, 금수강산 어딘들 아름답지 않으랴.

2011년 5월

삶은 갈망하는 것

글 장석주(시인)

뜰 안의 산벚나무와 느티나무와 은행나무의 잎들이 먼저 누렇게 탈색이 되었다. 빨간 고추를 말리던 양광陽光은 눈부시지만 열기는 미지근하다. 계곡의 물들이 차가워지고 무서리 내리고 초본식물이 무릎을 꺾고 무너지면서 늦가을은 처연하다.

늦가을의 나는 봄비에 연두를 머금고 촉촉하던 버드나무를 보던 날의 나와 다르다. 늦가을의 나는 몇 날 며칠 하늘이 구멍 난 듯 장대비가 쏟아지던 그 여름의 눅눅함과 무더위 속에서 허덕이던 날의 나와 다르다. 늦가을의 쓸쓸함과 멜랑콜리에 감염된 내 피와 세포들은 더 이상 도도하지 않다. 내 피와 세포들은 “회색의 빛깔, 가을밭에서 보이는 연기, 산길에 흩어져 있는 비둘기의 깃, 세 번째 줄에서 떨어진 어릿광대, 지붕 위로 떨어지는 빗소리, 휴가의 마지막 날”(안톤 슈나크의 <우리를 슬프게 하는 것들> 중에서)이라는 문장에 쉽게 감응한다. 늦가을을 살면서 늦가을을 모른 채 흘려보내는 것은 나무토막같이 멍청해 보인다. 나는 늦가을의 사람으로 너무 늦지도 않고 너무 빠르지도 않게 늦가을에

안착한다. 영원이라는 잣대로 재면 하루는 찰나이고, 일생은 열린 문 앞을 지나가는 빠른 말과 같다. 늦가을 해 질 녘의 고즈넉한 시간을 서성거리며 나는 한 번도 만난 적이 없는 한 사람, 나와 태어난 곳은 다르지만 태어난 해는 겹치는 한 사람의 죽음을 애도한다.

그는 아침마다 거울을 보면서 "오늘이 내 인생의 마지막 날이라면 지금 하려고 하는 일을 할 것인가?"라고 물었다. 철학자같이 삶을 통찰한 그는 이런 핵심에 닿는다. "삶이라는 시간은 제한되어 있다. 그러니 다른 누군가의 인생을 사느라 낭비하지 말라. 다른 사람의 도그마에 얽매이지 말라. 만약 그렇다면 그것은 다른 사람의 생각의 결과로 자기 삶을 사는 것과 마찬가지다." 애플의 창업자인 스티브 잡스(1955~2011)의 말이다. 그의 삶은 불우했다. 미혼모에게서 태어나 생판 모르는 가정에 입양된 것도, 대학을 중퇴한 것도, 창업한 회사에서 쫓겨난 것도 평온한 삶이었다고 말하기 어렵다. 하나 그가 만든 아이폰이나 아이패드는 번뜩이는 아이디어와 독창성이 돋보인다. 사람들은 그걸 사려고 줄을 길게 섰다. 그것들은 놀라운 기능과 함께 심미적 욕망을 만족시킨다는 점에서 피라미드와 오벨리스크, 돔과 뾰족탑, 대성당의 스테인드글라스 창문의 가치에 견줄 만하다. 그는 사람들의 생활방식을 바꿔놓았다. 그가 단순한 이익 창출이 아니라 근본적 상징을 추구하고, 자유로운 기술적 실험의 표본을 내놓는 사람이었기에 인류가 그의 이른 죽음을 상실로 받아들이고 슬퍼하는 것이리라.

누군가 죽고 누군가 태어나는 일은 이 지구의 일상이다. 조락과 덧없는 것의 끝을 안고 지구 북반구의 늦가을은 전면적으로 깊어간다. 늦가을 맑은 날의 평온함으로 가장 쓸쓸한 곳을 바라보는 사람의 눈빛은 연민으로 젖어 고요하고, 맥박은 빠르지 않다. 삶은 갈망에서 타오르는 것이고, 우직한 도전에서 빛나는 도약을 하는 것! 갈망이 다하면 풀들은 시들고, 갈망이 다하면 숲속의 가왕歌王으로 군림하던 매미나 능란한 사냥꾼인 늙은 사마귀도 죽어 풀밭에 나뒹군다. 시인 심보르스카는 “지나간 옛사랑이여, 새로운 사랑을 첫사랑으로 착각한 점 뉘우치노라. 기차역에서 어디론가 떠나는 사람들이여, 새벽 다섯 시에 곤히 잠들어 있어 참으로 미안하구나"라고 적었다. 나 역시 늦은 사랑을 첫사랑으로 착각하고, 새벽 다섯 시에는 곤한 잠에 빠져 있었었다. 나는 뉘우치고 미안하다고 말하고 싶다. 왜냐하면 늦가을이니까. 말처럼 뼈가 휘도록 일하던 사람이라도 이런 늦가을의 하루는 자기에게 포상 휴가를 주어 생각이 없는 절지동물처럼 빈둥거려도 좋다. 늦가을의 바람이 느티나무를 스치고 지나간다. 다시, 살아야겠다! 간절하게 갈망할 것, 자유로울 것, 사람을 사랑하며 살 것! 이보다 더 나은 삶은 없다.

2011년 11월

모든
나이는
눈부신
꽃이다

글 문정희(시인)

시인 발레리가 괴테를 찬양하는 글에서 괴테가 천재가 될 수 있었던 여러 조건 가운데 으뜸으로 그의 장수를 꼽았던 것을 읽은 기억이 있다. 괴테는 1세기에 해당하는 시기를 살면서, 그것도 인류의 정신사 가운데 가장 중요한 전환기를 살면서 온갖 역사적 자양을 유유자적하게 종합할 수 있었다. 그것은 순전히 그가 살았던 긴 생애 자체가 바로 그 내용이 되었기 때문이다.

예술에서는 흔히 요절한 천재에 대한 동경이 많지만, 뜻밖에도 대문호나 거장을 보면 장수를 누리면서 그의 업적을 산맥처럼 쌓아 올린 사람이 참 많다. 장수는 생명이 누려야 할 축복 가운데 가장 큰 축복임이 분명하다.

위대한 예술가뿐만 아니라 인간이라면 누구나 오래오래 지상의 삶을 누리고 싶어 한다. 그런 의미에서 평균수명이 늘어난 이 시대를 살아가는 우리는 생명 가진 존재로서 더할 수 없는 행운의 시대를 살고 있는 셈이다.

지금 생각하면 조금 어이없지만 나는 30세가 되면서부터 내가 조금 늙었다고 생각했다. 잉게보르크 바흐만의 유명한 수필 '삼십 세'에도 그런 구절이 있긴 하다. 30세가 되면 늙었다고 할 수는 없지만 젊다고 우기기에도 어딘가 자신이 없어진다는 것이다.

40세에도 그랬다. 사십은 불혹不惑이라는데 나는 불혹은 커녕 사방에 유혹이 넘쳐 있어 당혹한 나머지 어정쩡한 모습으로 40대를 살았다. 다만 혹惑 앞에서 조금 당황하지 않는 자신을 발견하며 젊지도 늙지도 않은 40대를 보낸 것이다.

50세는 콩떡 같았다. 뷔페 상 위에 놓인 콩떡은 말랑하고 구수하고 정겹지만 선뜻 누구도 손을 내밀려고 하지 않는다. "진종일 돌아다녀도 개들조차 슬슬 피해가는 / 이것은 나이가 아니라 초가을이다"라고 나는 '50세'라는 시에서 탄식했다.

하지만 요컨대 나이란 나이일 뿐인 것이었다. 한마디로 인간에게 있어 시간은 언제나 새것이었다.

최근 옆구리를 둔도로 치는 것 같은 작은 충격을 준 한 여성이 있었다. 젊은 날 뉴욕 유학 시절부터 가까이 지낸 무용가 한 분이 결혼을 한다고 알려온 것이다. 신랑이 누구냐고 묻는 나의 질문에 그녀는 한 살 연하라고 대답했다. 가만 있자… 그러니까 신랑은 69세다. 그녀의 결혼 기사는 신문에도 났고, 텔레비전에도 소개되었다. 연일 그녀와 신랑의 나이가 화제로 대두되었다. 70세 신부라니….

그녀는 말했다. 나이 들수록 사람은 늙어가는 것이 아니라 퓨리파이purify(정화)하는 것이라고 했다. 70세 신부인 그녀를 축하하다 말고 나는 슬며시 미소를 지었다. 그녀의 나이만 생각하다가 그만 두 사람의 사랑을 못 볼 뻔한 것이다. 신랑의 나라인 독일을 한 달간 다녀왔다는 70세 신부의 얘기를 듣다 보니 노년의 사랑이 생각보다 뜨겁고 자유롭고 거침없다는 것을 알았다.

며칠 전, 또 한 분의 할머니가 나를 일으켰다. 99세 할머니 시바타 도요가 낸 첫 시집 <약해지지 마>가 70만 부나 팔려서 지금 일본 열도를 흔든다는 것이었다. 그녀의 시를 꼼꼼히 읽어보았다. 문학을 논하기에 앞서 시적詩的 요소가 깨소금처럼 박힌 아주 소박하고 자연스러운 가락이었다.

천재 괴테를 만든 것이 그의 장수였고, 또한 그가 살아온 역사적 전환기가 대문호를 만든 일대 자양이었다면, 99세 할머니 시인의 시적 자양은 넘치도록 충분한 것이다. 일찍이 겪은 첫 남편과의 결혼과 이혼 그리고 또 한 번의 결혼과 아이를 낳아 기르며 겪은 인생의 온갖 곡절들이 그것이었다. 그녀는 한 세기에 가까운 시간을 사는 동안 누구보다 풍성한 삶의 경험을 비축한 것이다. 당연히 그것을 시로 쓸 수밖에 없지 않겠는가.

어느 땅에 늙은 꽃이 있으랴
꽃의 생애는 순간이다.
아름다움이 무엇인가를 아는 종족의 자존심으로
꽃은 어떤 색으로 피든
필 때 다 써버린다.
_졸시 '늙은 꽃' 중

최근 나의 시집 <다산의 처녀> 맨 첫 장에 나는 이 시를 놓았다. 또 한 해가 가고 있다. 그게 무슨 상관이란 말인가. 목숨이란 순간을 피우는 눈부신 꽃이다.

2010년 12월

아름다운
그물

글 故 장영희(교수, 수필가)

오후에 학교로 오랜만에 고동학교 동창이 찾아왔다. 한때는 어떤 개인 회사에서 인정받는 컴퓨터 프로그래머였던 친구는 나와 동갑으로, 50대 중반이지만 벌써 5~6년 전에 소위 '명퇴'를 하고 그냥 이런저런 봉사 활동을 하며 소일한다고 했다. 40대 중반 들어 벌써 고물 취급 받다가 어느 날 출근해보니 책상 위의 컴퓨터가 없어지고, 그래도 버티고 있으니 며칠 안에 아예 책상이 없어지더란다.

"아직도 일하라면 잘할 수 있을 텐데, 이제는 어딜 가나 무용지물 취급이니…. 봉사 나가는 곳에서도 젊은 사람들을 더 좋아하더라고. 근데 생각해봐라. 이 세상에 늙은 사람들이 없어지면 그물에 코 빠지는 격이 되지 않겠어? 고기 다 빠져나가지, 그게 제대로 된 그물이냐고, 쳇!"

그물 낚시를 좋아하는 친구가 난데없이 그물 타령을 하고 간 후 난 볼일이 있어 백화점에 들렀다가 배가 고파 지하 식품 매장에 갔다. 엘리베이터를 타기 위해 1층을 가로질러 가는데 얼핏 화장품 카운터에 놓인 거울에 내 얼굴이 비쳤다. 오후쯤 되니 화장이 들떠 입가의 팔자 주름은 마치 가

뭄에 논 갈라지듯이 깊은 골짜기를 이루고 눈 밑의 주름은 더욱 자글자글해 보였다. 냉면을 먹을까, 칼국수를 먹을까, 아니면 비빔밥? 행복한 고민을 하며 이리저리 음식 부스들을 기웃거리는데 유리 진열장 안에 먹음직스러운 마키가 진열되어 있는 일식 스낵 코너가 눈에 띄었다. 난 채소와 여러 가지 색깔의 날치알로 화려하게 장식된 '레인보' 마키를 가리키며 종업원에게 물었다. "이것 맛있어요?"

"아주 맛있어요. 근데 그건 젊은 분들이 좋아하는 거예요. 나이 드신 분들은 그냥 프라이드 마키를 많이 드세요." 종업원은 구석에 있는 닭튀김 마키를 가리키며 말했다. '그냥' 프라이드 마키라니, 늙은 주제에 괜히 새로운 것 먹으려 들지 말고 먹던 거나 먹으라는 말인가? 그 말에 반기를 들려고 눈을 들어 그녀를 본 순간 나는 꼬리를 내렸다. 야들야들하고 투명한 피부, 윤기 나는 검고 싱싱한 생머리, 탱탱한 가슴, 그리고 그렇게 작은 공간에 어떻게 내장이 다 들어 있을지 의심이 갈 정도로 가느다란 허리….

몸으로 발산하고 있는 당당한 젊음의 위력에 갑자기 주눅

드는 걸 느꼈다. 늙은 주제에 언감생심 내가 젊은이들이 먹는 레인보 마키를 먹는 모험을 하려고 했다니. "그럼 그냥 프라이드 마키 주세요." 나는 기어 들어가는 목소리로 말하고 구태의연하기 짝이 없는 프라이드 마키 한 봉지를 들고 가게를 나왔다.

나이 들어간다는 것은 무엇인가. 먹는 것도 다른 '별종'이 되어가는 일인가. 어떤 이들은 나이 들어가는 일은 정말 슬픈 일이라고 한다. 또 어떤 이들은 나이 들어가는 것은 정말 아름다운 일이고 노년의 나이가 가장 편하다고 한다. 그런데 내가 살아보니 늙는다는 것은 기막히게 슬픈 일도, 그렇다고 호들갑 떨 만큼 아름다운 일도 아니다.

또 나이가 들면 기억력은 쇠퇴하지만 연륜으로 인해 삶을 살아가는 지혜는 풍부해진다는데 그것도 실감이 안 난다. 삶에 대한 노하우가 생기는 게 아니라 단지 삶에 익숙해질 뿐이다. 말도 안 되게 부조리한 일이나 악을 많이 보고 살다 보니 타성이 강해져서 그냥 삶의 횡포에 좀 덜 놀라며 살 뿐이다.

하지만 딱 한 가지, 나이 들어가며 내가 새롭게 느끼는 변화가 있다. 이전에는 보이지 않던 것이 보인다. 나뿐만 아니라 남이 보인다. 살아보니 사는 게 녹록지 않아서 살아 있는 모든 것에 대한 측은지심이 생겨서일까, 세상의 중심이 나 자신에서 조금씩 밖으로 이동하기 시작한다. 조금씩 마음이 착해진다고나 할까. 결국 인간의 패기와 열정을 받쳐주는 것은 인간의 착함이다. 그래서 늙은 사람들이 맛있는 것 많이 먹고 건강한 그물코를 이루어 젊은이들과 함께 아름다운 그물을 이루는 세상이야말로 아름다운 세상이다. 정말 꼭 하고 싶은 말을 하고 나니, 아까 그 '레인보' 마키를 못 먹은 것에 대한 억울함이 좀 덜해진다.

2006년 7월

내일의 情

글 김범준(성균관대 물리학과 교수)

우리 집에 강아지 '콩이'가 온 지 2년이 넘었다. 참 귀엽다. 전엔 햄스터 두 마리를 키운 적이 있고, 여럿이 살다가 이제 딱 한 마리 남은 외로운 물고기도 어항 속에서 잘 살고 있다(그런데 마지막으로 안부를 확인한 게 언제였더라?). 아내가 물을 주며 보살펴 키우는 화초도 있다. 나는 화분에 뿌리내려 옴짝달싹 못 하는 화초보다는 물고기에게, 물고기보다는 햄스터에게, 그리고 햄스터보다는 강아지 콩이에게 훨씬 더 정이 간다.

가만 생각해보니, 나뿐 아니라 사람들이 다 비슷하다. 횟집 수족관에서 살아 헤엄치는 광어를 가리키며 "저걸로 할게요" 하곤 즐겁게 먹어치우고, 접시 위 꿈틀대는 낙지를 보며 입맛을 다신다. 그러던 사람이 도살장으로 끌려가는 소의 커다란 눈망울을 보며 눈물을 머금는다. 식물에 느끼는 감정은 이에 한참 못 미쳐, 시금치무침을 먹으며 불쌍해하거나 절인 배추에 미안해하는 사람은 정말 드물다(없진 않다. 그런 특이한 친구가 주변에 딱 하나 있었으니까).

채소든 낙지든 쇠고기든 사람이 입에 넣기까지 다 생생하게 살아 있던 생명인데도, 우리는 특정한 생명체를 더 가깝거나 멀게 느낀다. 보편적 사람들이 심정적으로 가깝게 느끼는 생명체들을 순서대로 한 줄로 늘어놓아보자. 진화 계통도와 꽤 비슷해질 것이다. 현재 인간이 끝에 놓인 진화의 가지를 거꾸로 거슬러 올라가면 최근에 인간과 갈라진 생명체일수록 더 가깝게 느낀다는 이야기다. 강아지 콩이와 햄스터, 물고기, 화초라는 '정情'의 순서란 다름 아닌 진화의 계통도에서 인간의 위치와 가까운 순서가 아닐까?

나는 '정'이라는 말을 좋아한다. '미운 정, 고운 정'이라는 말이 있듯이 정은 꼭 좋아하는 감정만 일컫는 것은 아니다. 난 정이 사랑보다 공감에 가깝다고 생각한다. 그리고 함께 느낀다는 뜻의 '공감'은 둘 사이의 깊은 '관계'가 없다면 불가능하다. 사람의 다른 말 '인간人間'에서 알 수 있듯이 사람(人)은 사람들 사이(間), 혹은 사람들과의 관계에서만 정의되는 존재다. 우리는 살아가며 다양한 관계를 맺는다. 관계의 지속 시간이 길수록 정도 더 깊이 들게 마련이다. 세상에 수많은 강아지가 있지만 우리 집 콩이를 특별하게 만든 것은 당연히 내가 콩이와 함께한 시간이다.

시간만 중요한 것은 아니다. 이 글을 쓰고 있는 지금처럼, 나는 하루 중 많은 시간을 컴퓨터 앞에 앉아 자판을 두드리며 보낸다. 그런 시간이 콩이와 함께하는 것보다 훨씬 더 길지만 나는 컴퓨터 자판에 정을 주지도, 또 자판에 이름을 붙여 쓰다듬지도 않는다. 콩이가 내게 특별한 이유는 함께한 시간뿐 아니라, 콩이와 내가 양방향으로 밀접하게 소통하기 때문이다. 잠깐만 집 밖에 나갔다 와도 콩이는 참 반갑게 맞아준다. 말 못 하는 동물이지만, 누가 봐도 진심이 느껴지는 반가움이다.

주인을 만나 반갑게 꼬리를 흔드는 강아지의 뇌에서 활성화되는 부분은 행복할 때 사람 뇌에서 활성화되는 부분과 같은 곳이라는, 어찌 보면 당연한 뇌 과학 연구 결과도 있다. 강아지가 기쁜 척하는 것이 아니라 정말로 기뻐한다는 뜻이다. 아내는 콩이를 키우기 전에는 강아지를 전혀 좋아하지 않았다. 밖에서 산책을 하다가도 작은 강아지가 다가오면 질겁하며 내 등 뒤로 숨곤 했다. 그런데 이제는 한 침대에서 콩이랑 같이 잠들 정도가 되었다. 가끔 놀아주는 것 말고는 하는 일이 없는 나보다, 매일 먹이 주고 변을 치우고 함께 산책하는 아내가 콩이에게 정이 더 든 것이다.
어쩌면 그 대상이 꼭 생명체일 이유도 없다. 로봇 청소기가 이리저리 움직이며 열심히 청소하는 것을 물끄러미 바라보다 문득 귀엽다는 생각이 들어 깜짝 놀란 적이 있다. 바닥에 놓인 전선줄에 걸려서 어떻게든 넘어보려 애쓰는 것을 보면 안타깝기도 하다. 심지어 엉뚱한 곳을 향해 가는 것을 보고는, 나도 모르게 "가지 마" 하고 말한 적도 있다. 사람과 소통해 정서적으로 적절하게 반응하는 인공지능이 가장 먼저 장착될 곳은 로봇 청소기처럼 집에서 늘 사용하는 가전제품일 거다. 사람과 소통하고 반응하는 인공지능 로봇 청소기들이 강아지 콩이처럼 이름을 갖게 될지도 모른다. "우리 집 싹싹이는 글쎄 어제 시키지도 않았는데 욕실을 청소했지 뭐예요." 머지않았다.

2016년 6월

좀
화창한
자화상

글 김승희(시인, 서강대 명예교수)

지하철역에서 계단을 올라오는데 문득 "내가 들러리야?"라는 소리가 들려왔다. 울분과 짜증이 섞인 여성의 성마른 목소리였다. 그런데 그 말의 의미와 상관없이 '들러리'라는 말의 발음이 무척 아름답게 내 마음에 울렸다. '들, 러, 리…'에서 'ㄹ'은 유음流音이기 때문에 무언가 부드럽게 잘 풀려서 흐르는 듯한 느낌이 들지 않는가. 그렇듯이 '들러리'란 서양식 결혼식에서 신랑이나 신부를 식장으로 원활히 인도하는 사람을 일컫는다. 처음 들러리는 악마나 나쁜 요정이 아름답고 행복해 보이는 신부를 시샘해 해를 끼칠까 봐 비슷한 옷을 입은 친한 친구들이 그 나쁜 악마를 헷갈리게 만들어 신부를 보호한다는 뜻으로 생겨났다고 한다. 전에 샌프란시스코에서 한국학을 전공하는 유대인 학자의 결혼식에 초청받아 간 적이 있다. 브라이즈메이드와 베스트 맨이 신랑, 신부와 거의 똑같이 차려입고 먼저 입장하여 나중에 한마디씩 신랑과 신부에 관한 재미난 추억담을 들려주는 것을 보고 참 좋은 인상을 받았다. 들러리가 꼭 향단이나 방자가 아니며 '잘 풀리게 하는 사람'이란 느낌이었다.

지하철역의 그 여자처럼 우리도 살다 보면 '오늘 완전히 들러리 섰네'라는 생각이 들 만큼 섭섭하고 소외된 느낌을 받을 때가 있다. "들러리 섰다"라고 말하면 갑자기 서 있는 땅이 푹 꺼지고 그림자같이 자기 색채가 지워지는 느낌을 받기도 할 것이다. 누구나 세상의 주인공으로 살고 싶은 생각이야 있겠지만 그렇다고 언제나, 아무 때나 다 자기가 주인공이 될 수 있는 것은 아니라는 것쯤은 세 살 어린아이도 안다. 그래도 계속적으로 '나는 이 세상의 들러리야'라는 우울에서 빠져나오지 못한다면 들러리란 말은 허드레, 변두리, 소외라는 말과 동의어가 되어 고통스러운 절망으로 더욱 아프게 찌를 것이다. 그런 생각이 계속된다면 들러리란 말의 부정적 의미보다 긍정적 의미를 얼른 생각해내는 게 좋겠다.

들러리란 말에는 시차성이 깃들어 있다. 봉건시대와 달라서 한번 들러리가 절대적 신분의 들러리로 고정된 것도 아니고, 시간이 흐르면 또 그 위치가 바뀌기도 할 것이다. 시간은 때로 절대평가를 하지 않고 은근히 상대평가를 하기도 한다. 시간의 상대평가를 생각하며 오늘은 모차르트를 들어도 내일은 슈베르트를 들을 수도 있다. 거대한 우주를 생각하면 지금 이 지구도 어느 별인가의 들러리이며, 절대 권력인 태양도 어느 은하계의 들러리일 수 있다. 어느 모서리 달동네라도 자기가 있어야 할 곳이 있고 사랑으로 받쳐주어야 할 사람이 있고 열심히 할 일이 있으면 그것으로 천국이다.

여고 시절에 친구들과 함께 클로버가 가득한 초록 풀밭 속에서 네 잎 클로버를 찾아본 적이 있다. 결국 그 많은 클로버 잎이 다 하잘것없는 허드레 들러리로 내쳐졌다. 네 잎 클로버는 끝내 나타나지 않았으니까. 그때 그런 말이 문득 생각났다. "세 잎 클로버가 네 잎 클로버다. 그렇지 않은가?" 결국 들러리가 주인공이라는 것이다. 그 말을 들으면 가슴에 창문이 뻥 뚫린 듯 자유롭고 행복해지지 않던가. 그런 자유와 행복을 알아보고 누릴 수 있을 때 우리는 그것을 인문학적 발견의 기쁨이라 부른다. 1996년 노벨 문학상 수상자인 비스와바 심보르스카의 시 중에 이런 구절이 있다.

"내가 연기하고 있는 이 배역이 어떤 것인지는 나도 잘 모른다 / 단 한 가지 확실한 것은, 이 역할은 나만을 위한 거라는 것이며 / 내 맘대로 바꿀 수 없다는 사실." 그녀도 그런 변두리 허드레 의식으로 외로워한 적이 있었을까? 우리는 누구나 '나만을 위한 역할'이 있다고 역설하는 것을 보면.

2015년 3월

시간의 길이

글 마종기(의사, 시인)

올해도 어느덧 마지막 달에 접어든다. 이룬 것이 별로 없어서인지 해가 갈수록 세월이 빠르다는 느낌을 지울 수 없다. 이십 대는 20킬로미터의 속도로 세월이 가고, 60대는 60킬로미터의 속도로 더 빠르게 세월이 간다는 말을 누군가 정신신경학적으로 증명했다고 한다. 20대에는 뇌의 활동이 활발해서 단위시간에 일어난 일을 다 기억하고 그 시간에 받은 기억의 용량이 많아 시간이 더디 가는 느낌을 받는 반면, 나이를 먹으면 뇌의 반응이 느려지고 뇌가 기억하는 양도 적어져 시간이 빨리 가는 느낌을 준다고 하던가.

시간 이야기를 하다 보니 오래전에 우화 같은 글에서 읽은 한 추장의 말이 생각난다. 남태평양의 사모아제도, 그 정글 속에 살고 있는 적은 부족의 추장이 한번은 무슨 곡절로 문명사회에 여행을 가게 되었다. 몇 달간 문명국을 여행하고 돌아온 추장은 자기 부족을 모아놓고 여행담을 풀어놓는데, 그의 황당한 말이 그대로 문명 비판의 정곡을 찌른다. 예를 들면 이런 말.

"명민한 부족민들이여, 문명국에 갔더니 보이지도 않는 '시간'이라는 요상한 것이 있었다. 사람들은 시간이라는 것을 나타내는 조그만 기계를 팔목에 차고 다녔다. 눈을 한 번 감았다 뜨면 그것을 1초의 시간이라고 불렀다. 그리고 그런 것을 60개 모아놓고 1분의 시간이라고 했다. 그 1분을 또 60개 모아놓고 한 시간이라고 했고, 다시 그런 한 시간을 24개 모아놓고 하루라고 말했다. 우리같이 아침에 눈뜨면 하루가 시작되고 그러면 각자가 맡은 일을 하고 저녁에 해가 지면 쉬기도 하고 놀기도 하고 잠자리에 들고 다음 날 아침 해가 뜨고 눈을 뜨면 새날이 되는 것인데, 그게 바로 문명인들이 말하는 하루라고 말할 수 있겠구나.
문명인들은 그런 하루를 산산이 쪼개놓고 시간이라고 부르면서 '시간이 없다'느니 '시간을 놓쳤다'느니 '시간에 쫓긴다'고 말하고 있었다. 심지어는 자기들이 만들어놓은 시간을 가지고 '시간이 없어 우리가 망했다'며 절망하기도 하고 '시간이 우리를 살렸다'고 외치기도 했다. 자기들이 만들어놓은 허무맹랑한 것에 매달려 안달하며 죽는 시늉까지 하는 것을 보고 나는 웃음을 참기가 힘들었다."

하나 추장이 뭐라고 하건 우리는 어차피 문명인이고, 그래서 시간이라는 괴물을 무시하고 살 수는 없다. 우리는 시간이라는 것을 유용하게 효과적으로 사용하는 사람을 한마디로 현명한 사람이라고 여긴다. 모든 사람에게 시간은 그 길이가 다르다. 그 값어치도 다르고 그 효율성도 다르다. 현명한 사람은 단위시간 안에 많은 성과를 얻거나 행복한 시간을 보내고, 덜 현명한 사람은 자기 소유의 귀한 시간을 잘 이용하지 못해 불행함을 느끼거나 한평생을 허둥대며 허비해버린다. 전부라고 할 수는 없지만 사회에서 존경받고 여유롭다는 사람은 자기 소유의 시간을 유효적절하게 사용하는 이라고 말할 수 있겠다.

내가 평생 생활신조같이 아껴온 말이고 많은 사람이 좋아하는 말 중 <논어>에 나오는 공자의 말씀이 있다. "지지자불여호지자요, 호지자 불여낙지자知之者 不如好之者 好之者 不如樂之者." 아는 것은 좋아하는 것만 못하고, 좋아하는 것은 즐기는 것만 못하다. 도를 아는 자는 도를 좋아하는 자만 못하고, 도를 좋아하는 자는 그것을 즐기는 자만 못하다는 말. 내가 의사였을 때 의학과 의술을 잘 아는 것이 중요하지만 그런 지식뿐만 아니라 의사로서 의술을 베푸는 것을 좋아하는 게 한 수 더 위고, 그보다는 비록 고생스러워도 환자의 건강을 위해 성심을 다하는 의사로서의 시간을 나름대로 즐기는 자가 최고의 의사라고 생각했다. 직장인이 자신의 직업에 대해 잘 알고 있는 것도 중요하지만 그 직업을 좋아하는 게 한 수 더 위이고, 그보다는 그 직업 자체를 하루하루 즐긴다면 그보다 더 좋을 수가 있으랴. 그런 이는 바로 자기 생의 모든 시간을 통째로 즐기는 사람일 것이다. 시간은 그 길이가 아니라 질이, 시간의 용도와 효과가 사람을 행복하게도 하고 불행하게도 만든다고 믿는다.

2013년 12월

이 인간
앞으로
뭐가 되겠나!

글 이기진(서강대 물리학과 교수)

내가 올빼미형 인간에서 아침형 인간으로 바뀐 것은 14년 전 일본 유학에서 돌아온 후다. 하루아침에 바로 아침형 인간이 되어버렸다. 나는 일본 유학 시절까지는 밤에 절대 잠을 잘 수 없는 DNA를 타고난 인간쯤으로 생각하고 생활했다. 하지만 한국에 돌아와 아침 9시에 수업을 해야 하는 상황이 되자 언제 그랬느냐는 듯 한 톨 미련도 없이 올빼미형 생활 습관을 바로 버렸다.

일본에 있는 7년 동안 내 생활은 단조로웠다. 밤 12시 넘어까지 실험실에서 일하고 들어와 다시 시작하는 아침처럼 밥을 먹고 새벽 동이 틀 무렵까지 뭔가를 해야 잠이 왔다. 그런데 책을 읽는다든지 낮에 읽다 만 논문을 다시 읽는다든지 하는 발전적인 일은 하지 않았다. 주로 음악을 들으면서 뭔가를 했지만 특별한 무엇을 했는지 이상하게 생각나지 않는다. 당시 인터넷이 없는 상황이었으니 아마도 아날로그적 일을 했을 것이다.

이바라키현 쓰쿠바시의 변두리 소나무 숲속에 자리 잡은 관사는 그렇게 조용할 수가 없었다. 밤이 깊어지는 것에 비례해 음악 소리는 커져만 갔다. 나무로 지은 관사에서 소리가 새어나가지 못하도록 볼륨을 반복해서 줄여가면서 음악을 들어야 했다. 당시 내가 왜 음악을 들어야 했는지 그 이유를 찾으라면 힘들겠지만, 음악이 없었다면 무척 힘들었을 거라는 생각은 쉽게 떠오른다.

당시 무척 다양한 음악을 닥치는 대로 들은 것 같다. 한 뮤지션에 필이 꽂히면 지칠 때까지 그의 음악을 찾아 반복해서 듣곤 했다. 지금처럼 인터넷이 없던 시절이라 중고 CD를 구하러 다니던 기억이 새롭다. 당연히 당시 이런 새벽 문화에 심취한 내 모습을 보고 뭐라고 할 사람은 없었다. 우리 가족은 이런 생활을 나름 즐긴 것 같다. 하지만 한국에서 누가 우리 집에 놀러 와 우리의 이런 모습을 보면 비록 말은 안 하지만 표정은 쉽게 읽을 수 있었다. '이 인간 앞으로 뭐가 되겠나?'

몇 년 전 아는 분에게 점심 초대를 받았다. 우아한 점심을 먹으며 웃고 떠드는데 그 집 아들이 자고 일어난 모습으로 방에서 나왔다가 순식간에 화장실로 사라졌다. 초대한 분이 약간 창피하다는 표정으로 먼저 말을 꺼냈다. "재는 도대체 밤에 뭐 하는지 모르겠어요! 교수님, 재가 요즘 게임에 빠져 있는데 어떻게 해야 하죠?" "그냥 내버려두세요. 나이 들어 40대까지 계속하면 게임으로 성공한 거고 게임에서도 우리가 모르는 것을 많이 배울 테고 애인이 생기면 언젠가 다른 즐거움을 찾겠죠. 평생 폐인이야 되겠어요?"

이때 싸늘해진 주인의 눈초리가 다가왔다. 마치 "당신이 책임질 거야?"라고 말하는 것 같은 생각이 들었다. 아마 그분은 "아드님에게 운동을 시켜보세요!" 이런 식의 대답을 기대했는지 모르지만 내 생각은 다르다.

내 연구실에는 학생이 여덟 명 있다. 이들은 각기 성향과 취향이 다르고 생리적 리듬 역시 다르다. 내가 대학원에 다닐 때는 팀워크를 최우선으로 생각해 항상 같이 밥을 먹으러 가고 술집에 가도 한 명도 빠짐없이 몰려다녔다. 하지만 지금 대학원생은 자기 시간에 맞춰 연구실에서 일을 하고 시간을 보내며, 밥도 자연스럽게 혼자 먹기도 한다. 어찌 보면 구속력이 없는 생활을 하는 것 같지만 자신의 시간과 다른 학생의 프라이버시를 존중해가면서 세련된 생활을 하는 것이다. 그들은 지금 내 나이에는 상상조차 할 수 없는 지구상의 수많은 친구를 인터넷상에서 사귀고 있다.
나에게 가장 행복하던 때를 추억하라면 주저 없이 밤새 음악을 들으며 새벽을 맞던 그 시절이다. 휴일 게임을 하고 늦잠을 자고 일어나 화장실로 달려가던 그 올빼미 젊은 친구 역시 훗날 나 같은 추억을 떠올릴지 모르지만, 그 친구가 아침형 인간이 되기 전까지는 그토록 즐거운 청춘의 시간을 보내면 좋겠다.

2014년 11월

Kim

Kim

엄마의
비취
브로치

글 김선주(언론인)

내가 태어난 곳은 중구 정동 27번지 2호다. 정동극장에서 고려병원(현 강북삼성병원) 쪽으로 20미터쯤 가다가 왼쪽 언덕을 올라가서 제일 끝에 있는 막다른 집이 내가 태어난 곳이다. 엄마 친구인 산파 아주머니가 나를 받았다.

네 딸 중에 막내로 태어난 나는 사랑을 많이 받고 자란 딸은 아니다, 라고 나는 생각했다. 내가 태어났을 때 부산 출장 중이던 아버지는 아들을 기대했다가 또 딸이 태어났다는 소식을 듣고 입을 다무셨다고 한다. 아들을 낳았으면 당장 돌아오셨겠지만 딸을 낳아서 볼일 다 보고 몇 달 만에 돌아오셨다고 한다. 출생신고도 무성의하게 해서 내 진짜 생일과 호적상의 생일이 일치하지 않는다고 나는 투덜댔다. 형제 모두 이름이 '동' 자 돌림인데 나만 돌림자가 아니다. 큰언니 이름에서 한 글자, 꼬마언니 이름에서 한 글자를 따서 내 이름을 지은 것도 섭섭했다. 나는 내가 다리 밑에서 주워 온 아이일지도 모른다는 생각을 줄곧 했다. 조금만 서운한 말을 해도 울음을 터뜨리던 내 별명은 울래미였다. 언니들이나 친척들은 내가 우는 것이 재미있었던지 심심하면

"네 엄마 저기 청계천 다리 밑에 있는데…" 했다. 나는 어김없이 울음을 터뜨렸다. 특혜를 받고 자란 큰언니, 몸이 약한 둘째 언니, 성격이 강해서 마음에 안 드는 일이 생기면 기절을 해버리던 꼬마언니에 치여서 묵묵히 내 욕구는 드러내지 않고 지냈다. 언니들 모두 하던 외국어와 악기 과외도 받지 않았다. 마음속 깊은 곳에 혹시 데려다 기른 딸이 뭘 요구하면 안 되지 하는 마음이 있었던 것 같기도 하다.

대신 나는 소위 유식한 아이로 자랐다. 언니들이 보는 세계문학전집과 한국문학전집, <사상계> 이런 것들을 초등학교 때부터 닥치는 대로 읽었다. 신문은 사설부터 소설, 광고까지 샅샅이 읽었다. <파리마치>니 <타임>이니 하는 외국 잡지도 글자는 몰라도 넋을 놓고 페이지를 넘겼다. 집 옆의 동양극장을 드나들었고 연극 공연, 음악회, 무용 발표회도 빠짐없이 다녔다. 누가 뭐래도 나는 할 말이 있는 아이였다. 내 별명은 벌집이 되었다. 나를 건드리면 끝까지 최후의 한 마리까지 쫓아가서 내 유식을 무기로 쏘아주었다. 조그만 것이 어른들이나 쓰는 단어와 지식으로 맞짱을 뜨니 주변 사람들은 어이없고 기가 막혀 손을 들었다. 그냥 기특하게 여겨 손을 든 척했을 것이다. '건드리면 재미없어'라는 중무장은 어쩌면 스스로 만들어낸 애정 결핍을 이겨내는 방법이었을 것이다.

고등학교 때인가 엄마에게 내가 데려온 아이인 줄 알았다고 했다. 엄마는 깜짝 놀라셨다. "아버지가 네가 아들이 아니어서 실망한 건 사실이지만 미안했던지 이 보석을 사 오셨다. 몇 달 만에 돌아와 네가 방긋방긋 웃는 것을 보며 얼마나 기뻐하셨는지 모른다" 하시며 연둣빛 브로치를 꺼내 보였다. 엄마의 모시적삼에 매달려 은은한 빛을 발하던 바로 그 비취 브로치였다. 그것은 우리 자매들이 사랑하던 엄마의 유일한 보석이자 엄마의 유일한 호사품이었다. 집 마당에 텐트를 치고 북쪽에서 내려온 엄마 친척, 강원도에서 올라온 아버지 친척 수십 명을 거둬 먹였던 큰손인 엄마는 갖고 있던 보석을 모두 전당포로 보냈다가 결국은 팔았다. 그러나 어떤 때는 쌀로, 연탄으로, 학교 등록금으로, 아니면 누군가의 귀향 여비로 바뀌곤 했던 그 비취 브로치를 엄마는 나 결혼할 때 주려고 고이 간직했던 것이다.

그때부터 나는 넉넉한 아이가 되었다고 생각한다. 자신감이 넘치는 성격으로 변했다. 벌집 특유의 성격도 누그러졌다. 언니들한테는 말하지 말라고 해서 입을 다물고 있으면서도 나는 그것을 볼 때마다 사랑받은 딸이라는 느낌에 가슴속에서 환한 불꽃이 핀 것처럼 흐뭇했다. 엄마가 돌아가셨을 때 큰언니가 "엄마 비취 브로치 어디 갔지?" 했다. 내가 이만저만해서 결혼할 때 엄마가 나를 주었다고 했다. 큰언니는 자기는 그런 이야기 들은 적이 없는데 이상하다며 고개를 갸웃거렸다. 많이 섭섭했나 보다.

엄마의 유품인 비취 브로치와 엄마가 남긴 서른 권의 가계부와 일기, 편지질의 대가다운 수백 통의 편지는 지금 내가 간직하고 있다. 친정 오빠 집에 갔더니 새언니가 '막내 고모가 언젠가 찾을 것 같아서 간직해놓았다'며 커다란 박스를 내주었다. 환갑이 넘은 나이에도 엄마와 아버지의 사랑을 독차지한 것 같은 뿌듯함에 어린아이처럼 기쁜 것을 보니 부모 앞에서 자식은 영원히 어린아이가 될 수밖에 없는 것 같다.

며칠 있으면 엄마의 4주기다. 모시적삼 대신 흰 블라우스에 비취 브로치를 꽂고 엄마를 찾아가야겠다.

엄마의 일기장 중 가장 오래된 1968년도 것을 들고 가 읽고 또 읽고, 울고 울고 또 울고 싶다.

2007년 7월

삼세판이라고?

글 손철주(미술평론가)

딸이 초등학교 삼 학년 때 일이다. 하루는 국어시험을 치렀다. 딱 하나가 틀렸다. '벙어리 삼 년, 귀머거리 삼 년, 장님 삼 년'의 뜻을 잘못 적었다. 고초, 당초 맵다지만 시집살이에 비할까. 며느리는 그저 입 다문 채 들어도 못 들은 척, 봐도 못 본 척하라는 옛 속담이 딸에게는 생경했던 모양이다. 빈칸으로 남겨둘 수 없어 제 깐에 답을 적긴 했다. 딸의 답안지를 본 담임선생이, 속된 말로 뒤집어지더란다. 딸은 선생이 왜 웃었는지 궁금하다며 아내에게 답안지를 건넸다. 딸이 쓴 답은 이랬다. "모든 것은 삼세판이다."

딸은 대학에서 디자인을 전공했다. 입학하고 한두 달쯤 지났을까. 딸은 제 힘에 겨운 '중장비'를 들고 나타났다. 기타와 앰프, 그리고 연주에 쓰이는 전자제품들이 거실을 가득 채웠다. 기함한 아내에게 딸은 공표했다. "나, 록 밴드 결성했어." 어려서 딸은 그림을 제법 그렸고, 피아노를 조금 쳤다. 회화를 배우다가 느닷없이 디자인으로 선회한 딸을 아내는 수긍했지만 피아노가 아닌 전자 기타를 어깨에 멘 딸은 곤혹스러웠다. 고막을 찢는 굉음 속에서 헤드 뱅잉하는 딸은 아내의 꿈에서조차 없었다. "아빠는 어때?" 하고 딸이 물었다. 나는 잠시 눈을 감았다. 조상 중에 조선 시대 장악원掌樂院 정正을 지낸 어른 한 분이 떠올랐다. 나는 겨우 입을 떼었다. "아악도 아니고, 굳이 속악이냐."

딸은 대학 사 년 내내 기타를 놓지 않았다. 홍익대학교 앞에 불려가 공연했고, 언더그라운드 그룹들에게 펑크 계열의 신곡을 만들어주기도 했다. 교내에서 공연하고 돌아온 어느 저녁, 딸은 덤덤한 표정으로 전했다. "오늘 스카우트 제의를 받았어." 들어보니 제의한 사람은 유명 매니지먼트사 소속 스카우터였다. 아내의 어두운 표정보다 딸의 무심한 표정이 의아했다. "어쩔 셈이냐?" 하고 물어봤다. 딸은 시다달다 대꾸 없이 제 방으로 가버렸다.

아내와 나는 딸의 심사를 헤아리기 어려웠다. 며칠 뒤 아내가 오디션은 봤냐고 딸에게 물었더니, 거절했단다. 하도 신기해서 이유를 캐묻자 딸은 손바닥을 턱에 받치는 시늉을 하면서 "엄마, 난 이게 안 되잖아" 했다. 아내는 걱정스러운 듯이 나에게 말했다. "저러다 '견적' 받아보자고 나서면 어떡하지?”

졸업한 딸은 다행히 기타를 멀리했다. 그리고 장고長考에 들어갔다. 딸은 선언했다. 유럽에서 길을 찾겠다는 것이다. 나와 아내는 공항에서 딸을 전송했다. 어느 날, 로마에서 전화가 왔다. 딸이 조각가이자 공예가인 이탈리아 작가의 조수로 들어갔단다. 그 만만찮은 자리를 딸은 혼자 힘으로 개척했다. 아내는 ‘천우신조’라며 들떴다. 디자이너든 아티스트든 이제 정착의 길로 접어들었다며 가슴을 쓸어내렸다.

딸은 손수 제작한 작품을 가끔 메일로 보여주었다. 생활비를 조금밖에 못 보내는 심정을 아는지 아르바이트를 해서 돈도 번다며 부모를 안심시켰다. 용기가 기특하고 고마웠다. 그리고 일 년이 채 안 돼 딸은 보따리를 싸들고 서울로 돌아와버렸다. 아내는 기가 막혔다. 딸은 씨익 웃었다. 또 무슨 심경의 변화를 겪었단 말인가. 딸은 짐도 풀지 않고 일방 통보했다. “이제부터 사업해서 돈 벌 거야.” 그날 아내는 밤새 뒤척였다. 내가 위로랍시고 귀엣말을 했다. “재, 돈 번다잖아.” 아내는 홱 돌아누웠다. 이쯤 되면 애비의 한마디가

시급하다. 딸을 불러 앉혔다. “우리 집은 행복이 가득한 집이었어.” 딸은 나를 빤히 쳐다보았다. “십육 년 전에 우리 가족이 〈행복이 가득한 집〉 광고 모델로 나온 것 기억하지?” 딸은 그 잡지를 품에 안고 갔다. 아름다운 시절이었다. “행복은 고요와 안정 속에 있어. 네가 요동치면 우리 집 행복은 침몰해. 몇 번이나 더 갈팡질팡할 거냐?” 딸은 같잖다는 투로 내뱉었다. “아빠, 모든 게 삼세판인 거 몰라? 삼삼은 구, 합이 아홉 판이라구.”

2007년 3월

생수生水 같은 시의 마음

글 정끝별(시인)

우리나라 사람들이 가장 많이 쓰는 말이 '마음'이라고 한다. 그러기에 마음을 얻는 것이 천하를 얻는 일이요, 마음을 세우는 것이 나를 세우는 일이라 했던가. 이러한 마음을 전하고 마음을 얻고 마음을 간직하는 데 시詩만 한 것이 있으랴. 마음을 들여다보고 마음을 고르고 마음을 세우는 일은 시심詩心, 그러니까 시의 마음에 가깝다. 마음의 맨 윗길에서 가장 말갛게 제 스스로를 비추고 있는 것, 마음의 맨 밑바닥에서도 찰랑찰랑 물기가 마르지 않는 것, 그것이 시의 마음이 아닐까.

우리가 '시적'이라거나 '시인 같다'고 할 때를 생각해보자. 아마도 아름다움이나 놀람, 설렘이나 황홀, 충일 등이 동반한 때일 것이다.

감동이나 기도의 순간일 것이다. 이런 시의 마음은 누구에게나 있는 것이기에 그것을 처음 교감하게 되는 것은 대부분 가족이다.

두 돌배기 아이는 생일 축하 노래를 좋아한다. 누군가의 생일 다음 날이면 어김없이 종일 생일 축하 노래를 부른다.

부를 때마다 "OO의 생일을 축하합니다"에서 OO를 바꿔 부르곤 한다. 엄마, 아빠, 할머니, 친구들, 그러다 냉장고, 딸기, 나무, 모래까지도…. 아이는 눈을 반짝이며 보이는 것마다 반갑게 생일을 축하해준다. 안녕! 안녕! 세상을 향해 최초의 말을 건네듯. 그 아이의 마음이 바로 시심이다.

말문이 트인 아이는 어느 날 선언한다. "엄마, 오늘부터 엄마는 아지, 아빠는 끼리, 언니는 콩콩이, 나는 밍밍이야. 이제 그렇게 불러야 돼, 꼬옥~." 또 어느 날은 이렇게 선언한다. "오늘부터 식탁은 구름, 의자는 나무, 밥은 흙, 반찬은 소라라고 해야 돼, 알았지?" 시인이란 세상의 관계를 새롭게 맺어주는 자이고 세상에 새롭게 이름을 부여해주는 자가 아니던가. 때로는 정말 시인인 척 그럴싸한 표현을 쓰기도 한다. 대소변 훈련을 시킬 즈음, 아이는 하얀 오리 변기에 똥과 오줌을 싸고서는 엄마를 부른다. 그러고는 의기양양하게 말한다. "엄마, 내가 달님 오줌, 별님 똥을 눴네."

글자를 쓰기 시작한 아이가 삐뚤삐뚤 쓰는 문장 하나하나가 죄다 시다. 파란색을 동그랗게 칠해놓고 이렇게 쓴다.

"달님이 연못을 보고 있어요." 빨간색을 동그랗게 칠해놓고는 또 이렇게 쓴다. "햇님이 꽃을 키워요." 그러고는 제법 시다운 형식을 갖추기도 한다. "내 동생은 내가 가지고 노는 것만 가지고 논다. / 엄마는 그런 줄 모르고 동생만 안아준다. / 이뻐해줄까? 엄마 몰래 꼬집어줄까?"('내 동생')
"자박자박 걸으면 / 사각사각 소리 남고 // 뚜벅뚜벅 걸으면 / 서걱서걱 자국 남고 // 그러다가 파도 오면 / 모래밭은 하얀 백지장."('모래밭')
우리 아이만의 얘기가 아니다. 평범한 아이들 얘기다. 아이의 마음이 시인의 마음이고 그 아이의 눈이 시인의 눈이다. 엄마 마음이나 아빠 마음, 언니 동생의 마음은 또 어떤가. 그 마음들과 눈들이 교감하고 발현되는 곳이 가족이다.
기쁠 때나 슬플 때, 힘들 때나 사랑을 전할 때 시의 마음을 빌리지 않던가. 그때마다 우리는 그럼에도 우리 삶이 살 만한 것이고 그 삶의 마디마디가 소중하고 벅찬 순간들임을 확인할 수 있을 것이다. 시는 우리 삶의 알파나 오메가 그 자체는 아니다. 그러나 우리 삶을 플러스 알파로, 플러스 오메가로 만들어주는 마법의 요체다.

가족의 발견, 거기서 비롯되는 생활의 발견, 행복의 발견, 사랑의 발견이 시의 마음과 멀지 않다. 시는 결코 몇몇 시편의 속성만이 아니다. 그것은 우리가 세상을 마주하고 들이마셨던 '그 누구' 혹은 '그 무엇'의 영혼 속에 있는 지평이다. 그러기에 우리는 매일매일 시에 가까이 있다. 매일매일 시를 발견하는 가족, 매일매일 시를 읽는 가족, 그리하여 매일매일 시를 사는 가족, 그들이 바로 이 세상의 알파요 오메가이다. 가족이야말로 마음이 통하는, 아니 통해야만 하는 사람들이다. 우리는 오늘도 시라는 '깨지기 쉬운 질그릇'에 마음을 담아 건넨다. 그 마음이 조급과 조갈이 든 우리 삶에 한 편의 생수生水, 아니 생시生詩가 아닐는지.

2008년 8월

사람이
중심이다

글 이정모(서울시립과학관장)

나는 지난 4월 초순까지만 해도 대한민국 박물관의 꽃이라고 불리는 '서대문자연사박물관'에서 일했다. 사람들은 자연사박물관에서 일한다는 것만으로도 호감을 갖는다. 왠지 자연사를 연구하는 사람이라면 자연 친화적이며 지구를 지켜줄 수 있을 것 같은가 보다.

내가 요즘 주로 하는 강연 제목은 '공생 멸종 진화 - 여섯 번째 대멸종에서 살아남기'다. 나를 향한 사람들의 호의를 충분히 이용한 강연이라고 할 수 있다. 일단 '공생'이란 단어에 불안감을 느끼는 사람은 아무도 없다. 자연은 물론이고 인간도 마땅히 해야 할 일이다. 그런데 강연 중 공생에 관한 이야기는 아주 잠깐만 나온다. 이것은 정작 하고 싶은 '멸종'에 대한 이야기를 하기 위해 미리 깔아놓는 안전지대에 불과하다. 그리고 '진화'는 뭔가 미래지향적인 어떤 이야기가 나올 것 같다는 기대감을 불러일으키는 장치다. 그러니까 결국 멸종을 이야기하기 위해 공생과 진화라는 말을 빌린 셈이다.

멸종이라는 말을 듣고서 마음이 편해지거나 신나는 사람은 많지 않다. 그런 사람은 교사, 공무원, 목사, 스님 같은 직업에 종사해서는 안 된다. 하지만 멸종이야말로 지구 생명체 진화의 원동력이다. 멸종이란 어떤 생물종이 생태계에서 사라지는 것이다. 그러면 새로운 생명이 등장해 그 자리를 채운다. 그게 진화다. 하나의 틈새를 서로 나누고 살 수는 없기 때문이다. 따라서 멸종은 인류가 당하는 일만 아니라면 꼭 일어나야 하는 일이다(멸종 속도가 생태계가 견디지 못할 정도로 지나치게 빠르다는 게 문제다).

인간을 제외한 자연에 대해 대부분의 사람이 가진 인상은 평화와 공존이다. 하지만 과연 자연이 평화로운가? 사자들이 어린양과 뛰놀고 독사 굴에 어린이가 손 넣고 장난쳐도 물리지 않는 자연은 지구에 없다. 바닷속 물고기들은 지금도 어떤 놈들을 쫓으면서 동시에 다른 놈에게 쫓기고 있다. 단 한시도 평안할 틈이 없다. 처절하게 먹고 먹히는 곳, 그게 바로 자연이다.

내 강연은 우리가 살아남기 위해서는 자연 생태계가 지금보다는 훨씬 더 조밀하게 유지되어야 하고, 그러기 위해서는 우리 인류가 포기해야 하는 부분이 있다는 것을 강조하면서 끝난다. 스스로 이런 말을 하기는 부끄럽지만, 나는 재미없는 것을 견디지 못하는 사람인지라 내 강연은 재미있다. 멸종이라는 무거운 주제를 다루지만 강연장에는 내내 훈훈한 기운이 감돈다.

그런데 질의응답 시간부터 분위기가 험악하게 바뀔 때가 있다. 단지 내가 자연사박물관장 출신이라는 이유만으로 자신이 평소에 가지고 있던 생각을 내가 강화해줄 것이라고 기대하면서 질문하는 청중이 있기 때문이다. "어떻게 하면 MSG로 오염되는 우리 식탁을 정화할 수 있을까요?" "아이들을 GMO(유전자 변형 농산물)로부터 지켜내기 위해 과학자들은 무엇을 하나요?" "화학비료가 없어도 분배만 잘하면 식량난은 해결되지 않나요?"

나는 훈훈한 분위기를 끝까지 이어가면서 청중으로 하여금 내 책을 구입하게 하는 답을 제대로 알고 있다. 그러나 불행히도 나는 과학자다. 전 세계 과학자가 동의하는 덕목이 하나 있는데, 바로 '정직'이다. 차라리 침묵할지언정 양심에 어긋나는 말을 해서는 안 된다. 사람들이 좋아하지 않더라도 말이다.

과학자의 양심을 걸고 이야기하건대, MSG는 우리 건강에 아무런 해를 끼치지 않는다. 그냥 아미노산이다. 우리는 이미 한 세대 이상 GMO를 먹고 있으며 그동안 어떠한 위험성도 발견되지 않았다. 그럴 수밖에 없는 것이 우리가 먹는 농산물은 모두 이미 유전자가 변형되었다. 단지 그 과정이 실험실이 아니라 밭에서 일어났을 뿐이다. 우리가 먹는 농산물 가운데 그 어떤 것도 1만 년 전의 모습 그대로인 것은 없다. 유기농만으로는 이 세상 사람을 충분히 먹일 수 없다. 먼저 분배 문제를 해결한 다음 화학비료를 탓해야 한다. 인공적인 것 없이 우리는 자연을 누릴 수 없다.

강연장 분위기는 이미 완전히 깨진 지 오래, 이때 누군가가 일어나 말한다. "나는 인간 없는 세상을 꿈꿉니다. 인간만 없다면 지구는 정말 아름다울 것이기 때문입니다." 내 대답은 이렇다. "인간이 없는 지구, 자연, 우주가 무슨 의미가 있습니까?" 자연과 우주가 인간을 위해 존재하지는 않지만 인간이 없으면 그 어떤 것도 의미가 없다. 결국 사람을 중심에 놓고 생각해야 한다. 그래야 자연과 우주도 아름답다.

2016년 8월

나이에
무릎을
꿇게

글 전성태(소설가)

나이 마흔은 생의 전환기 건강검진 안내장과 함께 온다. 국가가 이런 방식으로 나이를 공인해줄지 몰랐다. '생의 전환기'라는 용어가 매정하니 바꿔달라고 의료보험공단에 진정해야겠다고 넋두리하는 사람도 있다. 신체의 대사와 활동량이 줄고 호르몬 분비에도 변화가 생겨 각종 성인병에 걸릴 확률이 높은 나이에 이르렀다는 소리일 테지만, 공단의 안내는 마흔들에게 이제 인생의 반환점을 돌았다고 통고하는 것처럼 들린다.

키가 미세하게 준 것 같다. 시력 검사를 받을 때는 침이 꼴딱 넘어간다. 병원을 한 바퀴 돌며 채혈, 복부 초음파, 흉부 엑스레이 촬영, 심전도, 위내시경 검사까지 받고 나면 심리 상태는 거의 환자가 된다. 대기실에서 괜히 휴대전화를 만지작거리며 처자식도 생각하고 친구들도 떠올려본다. 신체 각 부위에 조금씩 경고등이 켜져 있다. 여러 지표들이 예상치보다 더 나쁘거나 나을 수도 있다. 어떤 경우든 제 몸을 살피고, 생활을 살피고, 급기야 제 인생을 돌아보게 된다.

작가들이 유독 '40세'를 제재로 작품을 많이 남기는 걸 보면 인생 마흔이 생의 어떤 전환기임에는 틀림없다. 故 고정희 시인은 "사십 대 문턱에 들어서면 / 바라볼 시간이 많지 않다는 것을 안다 / 기다릴 인연이 많지 않다는 것도 안다"라고 노래하고 돌아서서 생의 끈을 놓쳤고, 안도현 시인은 "시절이 갔다, 라고 쓸 때 / 그때가 바야흐로 마흔 살이다"라고 허탈해하며, 박후기 시인은 "마흔 살에 이르렀을 때, 비로소 이생을 가로질러 빠르게 날아가는 새 그림자를 보게 되었다"며 이마를 짚는다. 심지어 마흔이 불혹이 아니라 부록으로 들린다는 하소연도 있다.

마흔이 되기 전, 주위에서 종종 마흔 고개 넘는 고충을 토로할 때 그저 숫자 놀음에 사로잡힌 엄살이려니 싶었다. 나이 듦을 인정하지 않으려는 몸부림이거나 짐짓 인생 관조를 탐하는 욕심이겠거니 생각했다. 사람이 나이를 삼십 대, 사십 대 하고 십진법으로 끊어 셈하는 버릇이야 어제오늘 일도 아니고, 손가락 열 개가 접혔다 펴질 때마다 인생이 고개이고 고비 아닌 적 없잖은가. "나이 모르고 삽네" 하는 말도 따지고 보면 나이에 매여 산다는 역설일 것이다.

나는 마흔 살을 거뜬히 넘겼다. 마흔하나, 마흔둘도 물수제비 뜬 조약돌처럼 건넜다. 그러나 마흔세 살에 덜컥 걸려 넘어졌다. 일단 원고 마감일을 지키지 못해 쩔쩔매는 일이 많아졌다. 밤샘 작업이 불가능해졌고, 능률이 예전만 못하다. 내 능력이 이뿐인가. 나도 이제 녹슬었나. 슬럼프는 늘 있어왔지만, 이건 성질이 다르다는 위기감이 엄습했다. 실상 나는 이미 제 몸에서, 그리고 생의 깊은 곳에서 앓는 징후를 감지하고 있었을 거다. 책상에 멍하니 앉아 있는 시간이 늘지 않았는가. 불편한 사람, 부당한 일에도 퍽 너그러워진 태도에서 문득 나는 굽실거리는가 하고 저절로 고개가 돌아가지 않았던가.

긴 세월 나는 단 한 편을 남겨도 좋다고 소리치고는 했다. 직진만 표시된 지도를 가지고 달려왔다. 유턴 지점이 있다는 걸 왜 몰랐을까. 글쓰기도 몸을 부리는 노동이라는 것, 많은 걸 포기하고 선택한 길이 아니라는 것, 그리고 문학도 나이를 먹는다는 것, 인생에 단 한 편은 없다는 것.

인생의 달인 같은 선배에게 '마흔고개증후군'을 앓고 있다고 토로했더니 껄껄 웃었다.

"나는 그때 생긴 병을 오십을 넘겨서도 못 떨치고 있다네. 아무튼 나이에 무릎을 꿇게." 인생에 달인이 있을 턱이 없다. 다만 짐작한다. 겸손한 실패만이 있지 않을까 하고.

2013년 5월

죽음,
그 쓸쓸함에
대하여

글 박영택(경기대 예술학과 교수)

몇 해 전 아버지가 돌아가셨다. 죽음은 늘 예감하지만 이렇게 느닷없이 닥칠 줄은 생각지 못했다. 아버지의 죽음은 결국 오롯이 내 것이 되었다. 죽음은 죽은 자와 무관하다. 그것은 오로지 산 자의 몫이다. 나는 죽는 날까지 아버지의 죽음을 안고 살아가야 한다. 돌아가신 아버지를 좋아하진 않았다. 늙어서 보여준 인정과 다감한 면을 제외하면 평생 버럭 소리를 내질렀던 급하고 무서운 성격에 심한 술주정과 폭력성, 어머니와의 끝없는 불화가 나를 견디기 힘들게 했다. 그러나 나는 그런 가정에서 30여 년을 버텼다. 그것은 다소 기적 같은 시간이었다. 일찍 퇴사한 후 오랫동안 실업자로 지낸 아버지 때문에 경제적 궁핍도 겪었다. 이북 사람들이 보통 생활력이 강하다고 하지만 아버지는 완전히 딴판이셨다. 무지하게 가난하지는 않았지만 결코 넉넉한 형편은 아니었다. 그래도 악착스럽게 생활하신 어머니 때문에 가정은 겨우 유지되었다. 함경도 원산이 고향인 아버지는 실향민으로서 상실감과 고독, 그리움을 평생 안고 계셨고 그 무게로 자멸한 분이다. 명절이면 늘 고향에 두고 온 부모님과 동생 생각에 마음 아파하셨고, 그런 날은 항상 대취하셨다. 그러니 내게 명절날은 다른 날보다 못한 날이었다.

나는 어린 시절 아버지에게서 원산에서 보낸 그이의 유년 시절 추억을 자주 들었다. 얼굴도 모르는 할아버지와 할머니 얘기로부터 시작해 금강산으로 간 수학여행, 홀로 월남하셔서 겪은 갖은 고생담인데, 특히 혜화동 로터리에서 여운형의 암살범으로 몰려 경찰서에 끌려가 고문을 당한 이야기며 일본에서 공부하고 오신 작은할아버지가 일제강점기 황금좌라는 극단에서 활동한 유명한 극작가였는데 한국전쟁 때 월북했다는 거며, 인천상륙작전 당시 숨어서 이를 지켜봤다는 등의 이야기를 무척 즐겨 들었다. 나는 그 흥미진진한 이야기 듣기를 좋아했다. 더구나 아버지의 이북 말투가 주는 어감이 재미가 있었다. 일상에서도 아버지는 늘 함경도 사투리로 말씀하셨다. 그러니 나를 부를 때도 항상 '간나 새끼', '에미나이' 등이 다반사였다.

그러나 지금 나는 아버지의 이북 말투를 들을 수 없다. 그 음성이 그리운 것이다. 저녁이면 아버지는 요 위에 엎드려 일본의 <문예춘추>를 즐겨 읽으셨고, 일본어 문고판도 자주 보셨다. 당시 나는 독해할 수 없는 그 이국 문자들에 매료되었다. 아버지는 분단과 한국전쟁으로 인생이 완전히 망가졌다. 부모와 생이별을 하고 홀로 월남해서 갖은 고생을 겪었으며, 또한 첫 결혼에 실패하는 등 나름 파란만장한 생을 어렵게 사셨다. 그러니 술만이 위안을 주었던 것도 같다. 이제 나는 아버지의 북한 사투리와 술주정과 버럭 하는 성격을 더는 접하지 못한다. 어린 시절에는 그것이 그토록 싫어서 아버지를 두려워했는데, 이상하게도 그 두려움이 이제는 은은한 추억으로 다가온다. 내 안에 죽은 아버지의 모든 것이 스멀거리면서 죽지 않고 살아나고 있다. 부재와 망실 그리고 추억과 회한 등이 착잡하게 엉킨 이상한 감정과 그리움과 애증을 안고 살아갈 것만 같다. 어쩌다 복국이나 냉면을 먹을 때면 그이가 그토록 좋아하던 이 음식을 나만 먹고 있다는 죄의식에 시달리게도 하면서 말이다.

나 또한 죽음을 준비하면서 나의 죽음을 기억하고 간직할 이들을 위해 어떻게 살아야 하는지를 새삼 생각해본다. 죽음이란 생물의 생명이 소실되어 어딘가로 사라지는 것이다. 원래 없던 내가 다시 본래 자리로 되돌아가는 것, 그것이 죽음이다. 나는 사실 부재였다. 완전한 무無였다. 태어나기 이전 상태로 회귀하는 것, 그것이 죽음이다. 살아 있는 모든 것은 반드시 죽는다. 이것만큼 엄정한 진실은 없다. 생은 유한한 시간을 살아간다는 조건 속에서 펼쳐진다.

그러니 한순간을 산다는 것이 생명체의 조건이다. 누구도 그 조건을 위반하거나 거스를 수 없다. '생자필멸生者必滅'인 것이다. 언젠가는 끝나지만 그때가 언제인지는 누구도 모른다는 점이 삶의 아이러니이고 매력이다. 이 순간을 산다는 의식, 모든 것이 순식간에 사라질지도 모른다는 쓸쓸한 심정이야말로 인간의 인간다움이다. 그래서 그리스의 신들은 인간을 질투했다고 한다. 영원히 사는 신들은 결코 느낄 수 없는 감정을 인간이 지녔기 때문이다. 소멸과 애도, 상실과 슬픔이란 감정 그리고 모든 것이 종내 사라진다는 허무감이 인간을 인간이게 만든다. 많은 추억과 상처를 안겨준 아버지가 죽고 화장터 인근에서 남은 가족들은 가루가 된 아버지를 바람에 의지해 날리고 돌아왔다. 나는 거칠게 흩어지는 흰색 가루를 망연히 보면서 내 몸의 기원이 사라지는 소리와 내 삶의 어느 한 부분이 비로소 단락 지어짐을 감지했다. 나는 이제 어떤 인간이 되는 걸까?

2013년 4월

Kim

Kim

오색팔중
동백이
가르쳐준
이야기

글 양창순(정신건강의학과·신경과 전문의)

봄에 피는 꽃은 대개 잎이 없다. 목련도 개나리도 진달래도 꽃이 피었다가 진 다음에야 잎이 돋는다. 그리고 그런 봄꽃은 아무리 흐드러지게 피어 있어도 애잔함이 느껴지곤 한다. '어째서 그런 걸까?' 하는 의문이 올봄에서야 들었다. 그리고 생각해낸 답은 '꽃과 이파리가 영원히 만나는 일 없이 홀로 피었다가 지기 때문이 아닐까' 하는 것이었다. 꽃무리를 이루는 색채의 향연조차 절대 고독이 주는 내밀한 슬픔을 가려주지 못하는 것인지도 모른다. 그와 같은 고독은 결국 홀로 자신의 길을 가야 하는 인간의 숙명과도 닮았다. 아마도 그래서 더욱 애잔함이 느껴지는 것이리라.

잎과 꽃이 함께 피는 철쭉이나 사시사철 잎이 푸른 동백은 그런 느낌이 없다(물론 내 경우에 그렇다는 얘기다). 화사하고 아름다울 뿐이다. 붉은 동백은 힘찬 기운마저 느끼게 한다. 얼마 전에는 '오색팔중동백五色八重冬栢'이라는 희귀한 동백꽃을 텔레비전에서 보았다. 나무 한 그루에서 다섯 가지 색깔의 꽃이 피어나는데, 하나같이 꽃잎이 여덟 겹 있다고 해서 그런 이름을 붙였다고 한다. 과연 화면에 보이는 동백나무는 색깔이 제각각인 꽃송이를 가득 매달고 있다. 붉은색, 하얀색, 분홍색도 보이고, 그 색깔들이 꽃잎 하나에 섞인 것도 있다. 그 모습을 보고 있자니 문득 머릿속에 아주 자연스럽게 하나의 연상이 떠올랐다. 동백나무가 부모라면 각기 다른 색깔로 매달린 꽃송이는 자식과도 같구나 하는 생각이 든 것이다. 그런 연상을 하게 된 것은 아마도 같은 나무에 각기 다른 색깔의 꽃이 피었기 때문인 듯싶다.

우리도 그렇지 않은가. 부모라는 한 그루 나무에서 제각기 자신만의 색을 지닌 자식들이 태어난다. 그리고 부모가 아무런 편견 없이 그 고유한 색을 인정해줄 때 자식들의 미래는 좀 더 화사하고 풍성하게 피어나게 마련이다.

봄꽃이 절대 고독 속에서 제각기 홀로 피었다 지고 마는 것처럼 결국에는 혼자 힘으로 인생이라는 먼 길을 걸어가야 하는 것이 우리의 모습이다. 하지만 그래도 그 길이 덜 외롭고 힘든 것은 곁에 가족이 있기 때문이다. 내가 어떤 모습을 보여도 끝까지 이해하고 받아주는 존재가 있기에 우리는 외롭고 힘든 길을 묵묵히 걸어갈 용기를 낼 수 있는 것이다. 코맥 매카시는 <로드>에서 다음과 같은 말로 그 사실을 표현했다. "옆에 아무도 없는 사람은 유령 같은 거라도 대충 만들어서 데리고 다니는 게 좋아. 거기 숨을 불어넣어 살려내서 사랑의 말로 다독이면서 끌고 다니도록 해."
물론 그토록 간절한 존재인 가족이 때로는 상처가 될 수도 있다. 그것 역시 우리 인간이 지닌 숙명인지도 모른다. 가족이야말로 서로에게 가장 큰 영향을 미치는 관계이기 때문이다. 실제로 우리는 가족 안에서 사랑과 미움, 질투와 불안, 기쁨과 죄책감 등 인간이 경험할 수 있는 모든 감정을 다 주고받는다. 적어도 우리가 그 모든 감정을 최초로 경험하는 것은 가족 사이에서다. 특히 부모가 아이들에게 미치는 영향력은 절대적이다. 부모가 아이들의 개성과 자아를 얼마만큼 존중해주고 이끌어주느냐에 따라 아이들은 장차 사회에 기여하는 반듯한 사람으로 성장할 수도 있고 그렇지 못할 수도 있는 것이다(우리가 알지 못하는 운명의 힘이 이끄는 인생의 여러 아이러니와 반전은 여기서 논외로 해야 할 것이다).

내가 '오색팔중동백'을 보고 부모와 자식 사이를 연상한 것 역시 오랫동안 그와 같은 부모 역할에 대해 생각해왔기 때문인 듯하다. 부모의 역할이란 누가 뭐래도 아이의 다양한 개성을 인정하고 그것이 활짝 피어나도록 이끌어주는 것이어야 한다. "자녀가 내리는 가장 옳은 선택은 부모의 눈치를 보지 않고 스스로 하고 싶은 것을 하는 것"이란 요지의 말을 한 교육학자가 있다. 그 말은 아이가 저 스스로 빛날 수 있게 도와주는 것이, 그리고 그 빛이 아이 자신의 선택과 노력의 결과임을 지켜봐주는 것이 진정한 부모의 역할이란 의미를 담고 있다.

그런데 아이가 걸어가는 길에 심할 정도로 자신의 발자국을 남기고 싶어 하는 부모가 더러 있다. 그들은 아이가 한 걸음을 내디딜 때마다 자신이 아이를 이끌어주고 있다는 사실을 상기시키곤 한다. 그 결과 부모의 빛이 너무 강해지면 아이는 필연적으로 그늘로 숨어들 수밖에 없다. 따라서 적절하게 빛과 그림자가 되어주는 것이야말로 부모 역할의 첫 번째 원칙이 아닌가 싶다. 그리고 그런 부모 역할이 모여

힘과 용기의 원천이 되어줄 때 비로소 자식은 당당하게 홀로 자신만의 발걸음을 내디딜 수 있는 것이다.

2012년 6월

도무지
말하는 법을
몰랐으니

글 이문재(시인)

말에 관한 한 나는 젬병이다. 단둘이 나누는 대화는 물론이고 어쩌다 강단에 설라치면 다리가 후둘거린다. 20대 초반에는 대인공포증이 아닌가 싶어 병원 문 앞을 서성거릴 정도였다. 대학교 신입생 시절, 낯선 사람 앞에서는, 남녀를 불문하고 얼굴이 붉어지는 나를 보고 걱정이 되었던지, 시 쓰는 선배가 내 소매를 붙잡고 연극부에 들여보냈다. 희한했다. 무대에 서면 떨리지 않았다. 무대에 올라가면 얼굴색이 변하지 않았다. 하지만 무대에서 내려오면 다시 '원위치'였다.

첫 미팅 때, 내가 한 말은 단 한마디였다. "혹시 시 좋아하세요?" 하이고! 수많은 질문 중에서 고작 시를 좋아하느냐고 묻다니. 이름은 진작 잊었고, 얼굴도 제대로 쳐다보지 못했으니, 그녀에 대해서는 아무것도 기억나는 것이 없다. 하지만 지금 생각해도 그녀에게 미안하다. 아, 그녀는 속으로 얼마나 답답했을까. 내가 얼마나 우습게 보였을까. 그 미팅이 마지막이었다.

그 후로 나는 맞선조차 보지 않았다. 한 여자를 그야말로 죽어라고 쫓아다녔기 때문이기도 하지만(5년 하소연한 끝에 결혼했다), 낯선 여자 앞에 이것저것 '심문'하거나 '취조' 당하는 것을 견딜 수 없었다. 유사 대인공포증은 대학을 졸업하고 기자 생활을 할 때도 사라지지 않았다. 특히 취재원이 점심이나 저녁을 같이 먹자고 하면 나는 무슨 수를 써서라도 피했다. 낯선 사람과 함께 밥을 먹는 일은 미팅이나 맞선 못지않게 힘들었다. 내 사회성 지수는 거의 마이너스 수준이었다. 나는 사회적 동물이라면 당연히 갖고 있어야 할 유전자가 몇 개 부족했다.

결혼하고 나면, 아내에게만은, 아이들에게만은 말 잘하는 남편, 아빠가 될 줄 알았는데, 아니었다. 나는 무뚝뚝한 가장이었다. 무뚝뚝한 가장은, 결혼과 연애를 구분하지 않으려 드는 신혼의 아내와 자주 다투었다. 다툰 정도가 아니라, 치열하게 싸웠다. 아내는 내가 한마디 대꾸도 안 하는 것이 더 견디기 힘들었던가 보다. 아, 나는 나쁜 남편, 안 좋은 아빠였다.

뒤늦게 말에 관한 실용서 두 권을 탐독했다. 하나는 칭찬을 하라는 것이고, 또 하나는 네 가지 말을 잘 구사하라는 것이었다.

앞의 책은 <칭찬은 고래도 춤추게 한다>(켄 블랜차드 외 지음, 조천제 옮김, 21세기북스)이고, 뒤의 책은 <세상에서 가장 중요한 4가지 말>(아이라 바이옥 지음, 곽명단 옮김, 물푸레)이다. 앞의 책은 3톤이 넘는 범고래를 조련하는 노하우를 인간관계에 적용한 것으로 관심과 격려, 칭찬이 가족은 물론 조직을 활성화한다는 메시지였다. 뒤 책은 '저를 용서해주십시오', '당신을 용서합니다', '정말 고맙습니다', '당신을 사랑합니다' 이 네 가지 말이 상대방은 물론 그렇게 말하는 자기 자신까지 거듭나게 한다고 강조한다. 이 책은 특히 용서의 위력에 주목한다. 미국에서 25년간 호스피스와 고통 완화 치료 분야에서 전문의로 활동한 저자는 '마음의 경제학'을 제시한다.

용서는 마음의 경제학이다. 용서는 결코 이타적 행위가 아니며, 너그러운 마음에서 우러나오는 것도 아니다. 누군가를 용서하지 않는 것은, 평생 그 누군가 때문에, 그 상처 때문에 고통스러워하며 살겠다고 작정하는 것과 다름없다. 누군가를 용서하는 것은 단 한 차례의 비용을 지불해 과거에서 해방되는 것이라고 이 책은 말한다.
사십 대 중반을 넘어선 뒤에야 '말하는 법'을 배우고 있으니, 나는 참 '한심한 영혼'이다. 하지만 이 뒤늦은 '옹알이'를 다행스럽게 생각한다. 나에게는 아직 살아가야 할 날들이 제법 있고, 또 가족과 이웃, 벗들과 선후배, 또 앞으로 만나야 할 무수한 사람들이 있다. 상대방의 나쁜 구석보다 좋은 점을 먼저 발견하려고 애쓰고, 그것을 즉각 단정한 표현으로 드러낼 것이다. 용서를 빌고, 용서를 할 것이다. 고맙다고 말하고, 그 고마움을 잊지 않을 것이다. 아내에게, 아이들에게 사랑한다고 말할 것이다.
얼마 전, 아내와 가볍게(요즘은 심각해지지 않는다) 말다툼을 한 적이 있다. 작업실로 나오면서 아내에게 문자메시지를 보냈다. '미안하다. 고맙다. 못난 남편.' 즉각 응답이 왔다. 아내는 나를 용서하면서, 자기도 잘못이 있다고 덧붙였다. 고등학교 3학년짜리 딸애에게도 문자메시지를 자주 보낸다. 그 짧은 문장들은, 세상에서 가장 중요한 네 가지 말과 칭찬에서 벗어나지 않는다. 그것은 한없이 시에 가까운 문장들이다.

2006년 5월

집이
책이다

글 김용택(시인)

내가 사는 마을은 산골이다. 앞산과 뒷산 거리가 백 미터가 될까 말까, 그 정도다. 그 사이에 50미터 정도의 폭으로 강물이 흐르고 있다. 해가 짧은 겨울이면 앞산에서 해가 떴다 싶은데 금세 진다. 오죽 해가 짧으면 노루 꼬리만 하다고 했을까. 오후 4시 반 정도면 뒷산 자락에 붙어 있는 마을에 산그늘이 내려앉는다. 계곡이나 마찬가지여서 마을의 공간이 좁다.

집을 통해 그 시대 사람들이 어떻게 살았는지 알 수 있다. 집을 짓기 쉬운 자재와 관리 능력에 따라 집의 크기와 구조가 정해진다. 옛집들은 풀과 나무와 흙으로 지었다. 다른 건축자재가 없었기 때문이다. 연료가 나무여서 방의 크기가 작고 집의 크기도 작았다. 우리 마을의 집은 네 칸 홑집이 제일 컸다. 작은방은 일곱 자 방, 광 방은 여덟 자 방, 큰방은 아홉 자 방이 많았다. 한 자가 30센티미터쯤이니 큰방의 가로세로 길이가 270센티미터 정도였다. 그리고 부엌, 이렇게 방이 일자로 나란했다. 어느 해 건축 대장을 만들려고 처음으로 집을 측량해보았더니, 놀랍게도 집은 건평이 열두 평 반이었다. 우리 집은 마을에서 큰 편인 반듯한 집인데도 겨우 그 정도였다.

처음 집을 지을 땐 초가집이었다. 아버지는 달빛 아래 이엉을 엮어 지붕을 이고 처마를 가지런하게 다듬었다. 그 처마 속에 참새들이 집을 지었다.

새마을 사업을 하면서 기와로 개조했다. 그 기와집 뒤에 작년에 집 두 채를 새로 지었다. 알다시피 지금은 집이 크다. 생활양식이 다르고, 방 안에 들여놓을 것이 많아서 집이 커질 수밖에 없다. 기와집 바로 뒤에 29평 집을 짓고, 그 옆으로 조금 떨어진 곳에 45평 정도의 집을 지었다. 집 모양은 땅이 생긴 대로 설계했다. 될 수 있으면 옛 돌담들은 허물지 않았고 샘과 샘가에 있는 큰 바위도 지켜냈다. 땅을 측량해보니 이웃집과 우리 집의 경계가 들쑥날쑥 보통 복잡한 게 아니었다. 집을 지어놓고 보니, 그 때문에 오히려 집을 입체적으로 짓게 되어 장점이 되었지만 말이다. 자재는 파벽돌로 했다. 황토색이어서 산천과 잘 조화를 이루고 도드라지지 않을 것 같아서였다. 지어놓고 보니 오래된 집 같고, 지나가다 보면 집이 잘 보이지 않는다고 사람들이 말했다. 지붕은 슬래브로 했다. 서재로 쓰고 있는 한옥 바로 뒷집은 한옥이 집을 가려 정면이 작아 보인다. 생활을 하는 큰 집도 단층 슬래브다. 집의 정면이 마을 앞쪽으로 향하지 않고 마을에서는 집의 옆면이 보여 작아 보인다. 전체적으로 보면 열두 평 반의 한옥이 가장 커 보인다. 한옥이 두 집을 가리고 있고, 한옥 지붕이 집 두 채의 지붕처럼 보인다.

집터를 다듬을 때 나온 돌로 돌담을 쌓았고, 계단 돌들도 집터를 다듬을 때 나온 가장 못난 돌들이다. 있는 힘을 다하여 우리가 원하는 대로 지었다. 아무리 잘 짓는다고 해도 지어놓고 보면 허점투성이고 아쉬움과 후회 때문에 잠 못 이루는 밤이 많아 괴로웠다.

집은 책이다. 집은 시각적이어서 즉각적으로 사람들에게 절대적 영향을 주고 사람들을 교육한다. 집은 그 사람이 살아온 삶과 살고 있는 삶과 살아갈 삶이 담긴다. 집은 글과 같아서 그 사람의 전부다. 아파트 거실에 들어서면 그 집에 살고 있는 사람들의 삶이 어디까지인지 금방 짐작이 간다. 사랑과 애정이 얼마나 조심스러운 것인지를 그가 사는 집을 보면 안다. 집은 그 사람이며, 도시는 그 나라 국민의 얼굴이다. 집은 공학이며 인문이다. 시이며 철학이고, 그림이며 사진이다. 한 채의 집을 지을 때 도시 전체의 모양과 집의 크기와 색채를 고려해야 한다. 조화를 생각하지 않은 집은 죽은 집이다. 조화란 너도 살고 나도 사는 상생과 공생의 철학이다. 그 집에 사는 사람은 그 집을 닮고, 그 도시에 사는 사람은 그 도시를 닮는다. 한 채의 집은 몇백 권의 책이 된다. 집은 야만과 문명을 가르는 사회적 윤리 척도이다. 이 땅에 새로 생기는 많은 신도시의 '나만 잘난' 안하무인의 건축물들은 오만과 독선, 탐욕과 욕망, 내일을 포기한 자본의 추악한 찰나주의와 쾌락주의의 덩어리들이다.

2017년 11월

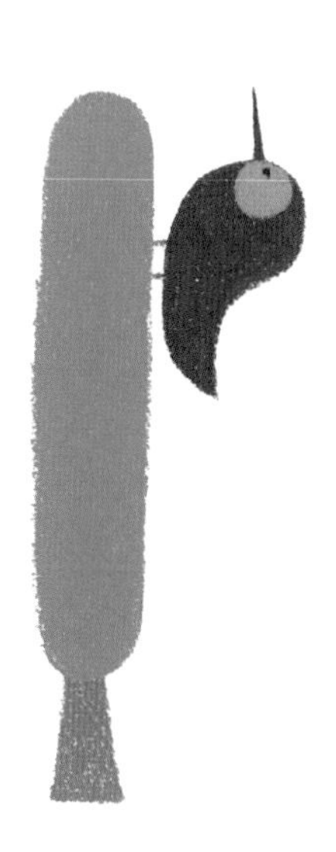

꽃보다
아름다운 것

글 공경희(번역가)

가장 좋아하는 시장은 꽃 시장이다. 번역 작업에 쫓기지 않을 때면 자주 꽃 시장에 간다. 평생 알파벳으로 된 검은 활자에 갇혀 살아서인지 고운 꽃을 보면 설레고 딴 세상에 들어선 기분을 느낀다.

어릴 때 늘 집에 꽃이 있었던 이유도 있을 것이다. 어머니가 10년 이상 꽃꽂이를 배우셨고 전시회에도 참여하셨다. 그래서인지 요즘도 나는 손님이 오는 날은 장보기나 청소보다 꽃부터 챙긴다. 손님 대접에 음식을 가장 중요시하는 문화에서 난 좀 어이없는 안주인이다.

꽃 시장처럼, 내가 가장 좋아하는 사람을 꼽으라면 타샤 튜더라는 삽화가이자 라이프 스타일리스트다. 미국 버몬트 산골짜기에 나무 집을 지어 앤티크 세간을 갖추고, 1830년대식 차림으로 자신만의 레시피로 요리하면서 멋진 정원을 가꾸고 산 사람. 양초부터 옷감까지 직접 만든 생필품은 예술 작품이고, 크리스마스 같은 명절치레는 멋진 의식이 된다. 마리오네트 인형극을 공연하고, 미니어처 가구로 꾸민 인형 집을 만들고, 평생 1백 권이 넘는 그림책을 그리면서 생활과 동화의 경계 없이 산 여성이다. 몇 해 전 그의 생애와 삶을 담은 책 여러 권이 출간되면서 국내에서도 유명해졌고, 타샤처럼 자연과 함께하는 라이프스타일을 꿈꾸는 사람이 많아졌다.

나 역시 타샤의 정원과 공예, 음식을 다룬 책을 여러 권 번역하면서 말할 수 없는 감탄과 부러움에 빠졌다. 층층이부채꽃, 참제비고깔이 만발한 정원에서 직접 키운 밀을 빻아 만든 케이크를 곁들여 차를 마시고 그림을 그리는 생활이라니, 더없이 부러울 따름이다.

이것이 사진으로 보는 그녀의 삶이었다면, 사진으로 찍을 수 없는 진짜 삶은 어땠을까. 타샤는 명문가 출신의 아버지와 최초의 페미니스트로 알려진 화가 어머니 사이에서 태어났지만, 아홉 살 때 부모가 이혼하면서 아버지의 친구 집에서 자랐다. 버림받은 상처를 잊기 위해 상상 속의 삶에 빠져들었을 것이다.

아버지의 성을 버렸고, 영화 <센스 앤 센서빌러티>의 한 장면 같은 배경에서 살면서도 시골 생활을 꿈꾼 것을 보면 어릴 때부터 그 마음이 어땠을지 짐작된다. 유명 삽화가였지만 화가가 아니라는 자괴감에 시달렸고, 얼굴이 못났다고 느껴 처음 청혼한 남자와 사랑 없이 결혼했다. 무능한 남편과 살아야 하는 결혼 생활에 시달리다 이혼하고, 그림으로 생계를 꾸려가며 자녀들을 키워야 했다.

보통 여인이라면 주저앉았겠지만, 타샤는 힘든 생활을 견디기 위해 쉼 없이 꽃을 심고 가꾸었다. 나는 그것을 용기라고 생각한다. 상처 많은 인생살이에 매몰되지 않기 위해 용기를 내고 수고한 끝에 감탄스러운 삶을 엮어낸 것이다.

이제 책장을 넘기면, 사진 속 예쁜 꽃밭보다 타샤의 굵은 손마디가 눈에 들어온다. 정원을 가꾸느라 평생 그녀의 손과 발이 엉망이었다는 글도 잘 보인다. 그 멋진 풍경에 한 인간의 고달픈 인생이 오롯이 녹아 있다는 것을 안 이상 부럽다는 말이 쉽게 나오지 않는다.

타샤는 "누구나 달과 같아서 아무에게도 보여주지 않는 어두운 면을 갖고 있다"라는 마크 트웨인의 말을 좋아했다. 그 어두운 면이 살아보려는 용기와 수고를 만나면 얼마나 풍성한 아름다움을 피워내는지 타샤가 가르쳐준다. 그러고 보니 살아보려는 용기와 수고, 꽃보다 아름답다.

2014년 4월

배우고
때때로 익히니,
이 또한
기쁘지 아니한가

글 故 황병기(가야금 명인)

<논어>에는 현대인이 읽기에 따분하고 어렵고, 시대에 뒤떨어진 말씀이 많은 게 사실이다. 가령 "오직 여자와 소인(좀스러운 사람)은 다루기가 어렵다. 가까이하면 불손해지고 멀리하면 원망을 하기 때문이다"라는 공자의 말씀은 2천5백 년 전 당시 봉건사회의 남존여비 사상의 한계를 넘지 못했음을 여실히 보여준다. 하지만 우리가 흔히 사용하는 "정도를 지나치는 것은 아니하느니만 못하다(과유불급過猶不及)"라든지, "자신을 죽여서라도 어짊을 이룩한다(살신성인殺身成仁)" 같은 말도 <논어>에서 비롯된 것이고, "덕이 있는 사람은 외롭지 않다. 반드시 이웃(알아주는 사람)이 있기 때문이다(덕불고필유린德不孤必有隣)"라는 말씀 등은 시대를 넘어서는 진리임에 틀림없다. 천주교 역사상 우리나라를 처음 방문한 교황 요한 바오로 2세는 1984년 5월 3일, 그의 역사적 도착 성명에서 <성경>이 아니라 <논어>의 유명한 구절 "벗이 있어 멀리서 찾아오면 또한 기쁘지 아니한가?"를 낭독해서 세계를 놀라게 했다. 이보다 적절한 인사를 그 어디에서도 찾기 어려웠기 때문일 것이다.

노자는 <도덕경>에서나 <장자>에서나 도를 훤히 꿰뚫은 사람, 즉 도통한 사람으로 보인다. 그런데 공자는 <논어>에서 "나는 아침에 도를 들으면 저녁에 죽어도 좋다"라는 절실한 말씀으로 도를 모른다고 했다. 즉 공자는 도를 모르기에 도를 추구한 사람이라는 게 특징이다. 사실 천지의 도를 다 안다고 스스로 생각하는 사람은 용龍처럼 위대하게 보이면서도 실상은 허황한 존재가 아닐까. 아침에 도를 들으면 저녁에 죽어도 좋다고 절실히 고백하는 사람이야말로 내가 진정 따르고 싶은 사람이다.

나는 여러 가지 번역서를 참고해 <논어>를 정독한 후, 장황한 이야기로 초스피드 시대의 현대인에게는 읽을 가치가 없는 말씀, 이해하기 어려운 말씀, 현대에는 맞지 않는 시대에 뒤처진 말씀 그리고 중복되는 말씀 등을 모두 빼고 시대를 초월해 여전히 보석처럼 빛나는 말씀만 1백 문장을 모아서 나만의 '논어명언집'을 만들었는데, 타이핑하고 보니 A4 용지로 다섯 쪽 분량밖에 안 되었다. 이것을 외출할 때 품에 지니고 다니며 시간이 날 때마다 읽다 보니 모두 욀 정도가 되었다. 그리고 이 명언들을 나의 인생 체험과 결부해 마치 가야금을 연주하듯이 풀어 쓴 책이 2013년 10월에 낸 <가야금 명인 황병기의 논어 백가락>이다.

<논어>는 "배우고 때때로 그것(배운 것)을 익히면 (이) 또한 기쁘지 아니한가?"로 시작한다. 극히 평범한 말씀이지만 참으로 진리라고 생각한다. 나는 칠십 평생을 살면서 배우는 것보다 더 기쁜 일이 없음을 깨닫고 있다. 지금 이 나이에 배워서 뭐 하느냐는 말을 하지만, 사람은 죽을 때까지 배워야 하고 배우지 않을 수 없는 존재다. 어디에 써먹으려고 배우는 것보다도 배우는 것 자체가 기쁘고 행복하기 때문이다. 아무리 노인이 되어도 뭔가를 알고 배우려는 게 사람이다. 노인도 세상 뉴스는 알고 싶고, 손주들이 어떻게 지내는지 궁금하지 않을 수 없는데, 이것도 배움의 일종이다. 그런 것을 알아서 무엇 하느냐고 할 수 없는 것이다.

그런데 이 문장의 묘미는 그 내용 못지않게 말하는 방법에 있다. 먼저 '열심히'라고 하지 않고 '때때로'라고 한 것에 눈길이 간다. '열심히'는 강요하는 어투인데 '때때로'는 '틈틈

이'나 '네가 하고 싶을 때에'처럼 듣는 이에게 넉넉한 기분을 주는 부드러운 어투다. 그리고 '이것이'나 '이것이야말로'가 아니라 '(이) 또한'은 '다른 것도 있겠지만 이것도'처럼 여유로움을 느끼게 한다. 마지막에 '기쁘다'고 단정하지 않고 '기쁘지 아니한가?' 하며 듣는 이의 의견을 묻는 형식을 취한 것은 참으로 민주적 화법이라 하겠다.

이처럼 <논어>는 첫 문장만 보아도 아주 쉽고 평범하면서도 시대를 초월한 진리의 말씀이고, 그 화법이 매력적이고 흥미진진한 고전이라는 것을 알 수 있다.

2014년 1월

Kim

살아보니 행복은 이렇습니다

1판 1쇄 발행 2019년 4월 10일
1판 2쇄 발행 2022년 8월 16일

지은이 박완서, 황병기, 오정희 외 27인
그린이 김승연
엮은이 행복이 가득한 집 편집부
펴낸이 이영혜
펴낸곳 ㈜디자인하우스

편집장 김선영
홍보마케팅 박화인
영업 문상식, 소은주
제작 정현석, 민나영
미디어사업부문장 김은령

출판등록 1977년 8월 19일 제2-208호
주소 서울시 중구 동호로 272
대표전화 02-2275-6151
영업부직통 02-2263-6900
인스타그램 instagram.com/dh_book
홈페이지 designhouse.co.kr

ISBN 978-89-7041-735-6 03810

디자인하우스는 독자 여러분의 소중한 아이디어와 원고 투고를 기다리고 있습니다.
원고가 있는 분은 dhbooks@design.co.kr로 개요와 기획 의도, 연락처 등을 보내 주세요.